INK
文學叢書
328

百家姓

楊葵◎著

這些人，正是我之侶、我之伴。

如一棵樹上的條條分枝，各自獨立地茂盛，又都來自同一根主幹。

那是我們生存的這個時代。

自序

這些文章都很短，寫的時間跨度卻挺長，三四年了。

三四年前某一天，我去理髮。進了店，脫外套，小工接過去，換回一個存衣牌，拴在我手上。我坐到椅子上，小工替我圍上圍裙，我閉上眼睛。耳邊是剪刀落髮的嚓嚓聲，周圍三三兩兩聊天的南腔北調，還有店裡迴圈播放的流行歌曲……這些聲音浮在半空，若有若無如夢幻一般。那一刻忽然想到小張。就在這家店，小張給我理了好幾年髮。一個念頭衝上來：我該寫寫小張。

我是這麼想的：活了四十年，遇到好多小張這樣的人，我們互爲生命中最輕微的過客，有的僅一兩面之緣，即成永久陌路；有的如小張一樣，多年定期交集，卻從未專心留意。這些人很像那天店裡的那些聲音，淺淺地、飄飄地浮在生命的表層，很虛幻，可是定心一想，音容笑貌又宛現眼前。

順勢就想到琉璃廠夥計小羅，我從他那兒買過幾千張紙，可所有交談加起來不超過十句話；想到小時工小月，幫我打掃衛生兩年多，可我們之間只是不斷重複相同的幾句對話，我開門說來啦，她關門說再見。

從那天起，我開始寫這些人。不定期地寫，不刻意地寫，忽然想到某個人，就撒開思緒的韁繩，放任它多跑會兒，過後把想到的記下來。

起先寫貌似陌生的熟人，後來也寫貌似熟悉的陌生人。很多相熟的朋友，以爲全面瞭解，其實經不起細想，越想越不把穩，我們彼此眞的很熟麼？經常也只是一種習慣而已，習慣了當作熟人相處、相敬、相親，甚至相愛。而實情是，人人孤苦熬世，所見所處，也無不零碎片面，哪有什麼全盤知曉。

都寫不長，像人物速寫，只勾勒個大模樣，並不細摹。是有原因的：一是因爲得到報紙副刊青睞，要逐篇發表；二是對自己筆力深淺有自知，生怕細摹露怯，因而有意藏拙。

我多少也有點態度在裡頭。我想的是：現在人眞能寫，以致出書越來越厚，厚到原來大小適中的開本排不下，一時各種宏大開本遍布書市。書櫃裡從此「遠近高低各不同」，想收拾整齊，成了一件「不可能完成的任務」。可那些文字，在我這個做編輯的看來水分太大。
曾有個作者，送來一部三十萬字的小說讓我提意見。我看完勸他：不如刪成三萬字的小中篇，一定精彩。這作者從此不屑搭理我。別人管不了，就管管自己。我決定儘量寫短句，寫短文，有機會出書，也出得儘量薄一些，開本正常些。這年頭，開本小些、文章短些、文字精練些的書其實不多，我想往這方向努力。
更深一層的意思，我要引用巴伐利亞戲劇大師Karl Valentin的一句話來表達。他說：「一切都已被說出來，但不是被所有人。」既然我沒有自信說得更好，就選擇了儘量不要喋喋不休。
五十個人，卻叫作「百家姓」，乍看驢唇不對馬嘴，其實並無不妥。中國經典啓蒙名著《百家姓》，也不是眞只收錄一百個姓氏，而是五百多個。叫「百家姓」只是取個方便。另外，多少也有激勵自己繼續寫下去的意思。

二〇一一年元月
北京西壩河

承蒙印刻抬愛，要出版《百家姓》的台灣版，不勝惶恐。仔細斟酌後，決定加入一些內容，以期版本的特殊性。

一是加入中國版《百家姓》出版後又新寫的幾篇；二是挑了一些圖片作爲插圖。

這些圖片有我喜歡的樹、寺廟和窗，還有不少筷架子。我收藏筷架子七八年了，可能是我孤陋寡聞，至今尚未聽說別人有此愛好。

筷架子這種東西，看似平常到不能再平常，眞動心去搜集，再仔細琢磨把玩，其實美好無限、樂趣無窮。從這點上說，這些小物件置於這本書裡，和全書的趣味相當貼切。

二〇一二元旦又及

「有的僅一兩面之緣，即成永久陌路；
有的多年定期交集，卻從未專心留意。」

「像一些聲音，淺淺地、飄飄地浮在生命的表層，很虛幻，
可是定心一想，音容笑貌又宛現眼前。」

「這個偌大的城市裡，上千萬人天天在外奔波，
上班、下班、吃飯、娛樂，
有時我在街上走，
彷彿能聽到很多套生物鐘在這個城市半空滴答作響。」

輯一　烏楊羅郭　奚童鞠孟

輯二　黃丁侶林　秦袁趙鄭

輯三 顧馮蔣陳 茹魏姚唐

輯四 張龍劉連 江麻竇王

輯一

烏楊羅郭
奚童鞠孟

烏老師

烏老師是山東人。四方形鼓鼓臉，眉毛重，眼睛大，五官輪廓清晰，厚道淳樸之相，正是齊魯男人的特徵。

我讀大學時，烏老師教我們文學史。不只他一人教，好幾個老師，依照各自不同的研究方向，組合成四五人的教授小組，輪換上課。有人講重要作家，有人講文學社團，諸如此類。烏老師負責的，是最不重要的一段，一看就是別人挑剩下的。一半因爲烏老師脾氣好，隨時笑瞇瞇，謙恭的樣子；另一半原因，烏老師是個工農兵學員。

那是八十年代中期，恢復高考後培養的第一批碩士、博士已經執掌教鞭，他們是地地道道的天之驕子，而「工農兵學員」，轉眼間變成學問差、能力弱的代替詞。沒人再去想，新培養出來的這些碩士、博士當初走進校園，第一個接過他們手中行李捲的、第一任他們的班主任，都是烏老師這樣的工農兵學員。

烏老師們吃了時代的虧，但又誰也怪不得。被人蔑視，也只能把那些鄙夷的目光和輕浮的議論吞進肚子裡，找背陰處自己慢慢消化。平日裡，還得時刻保持謙虛謹慎狀態，處處行事小心翼翼，不然會更被輕視，甚至，被罵。

學校開始新一輪職稱評定工作，教授、副教授的名額攏共沒幾個，僧多粥少。烏老師在這個學校教了小十年書，還是個講師，而他的學生中，已經好幾個教授。有天下了課，我正往宿舍晃，烏老師騎車追上來，寒暄半天，幾次欲言又止。最後終於忍不住開了口：我申報……評教授……據說……這次要聽……學生意見，你幫寫一份……話沒說完，烏老師臉已漲到通紅，大大的眼睛直往下耷拉，羞得什麼似的。

那次評定的結果，烏老師的學生中，又有幾人成功晉級副教授，烏老師落選。烏老師邀了幾個給他寫意見的學生，到實習餐廳聚餐。他說，早想感謝，可評選結果不出來，怕有賄賂之嫌，沒敢。

烏老師一如既往地笑眯眯，一如既往地教最不重要段落，一如既往地騎著那輛擦得鋥亮的自行車，在校園穿梭。隔日我們上大課，看到烏老師也在教室最後排的犄角處坐著，低著頭。上課鈴響，講課師進來，照例掃視全體同學，算是與學生互致注目禮。掃到烏老師時，講課師一愣，繼而微微頷首。我回頭看，烏老師正尷尬地笑瞇瞇。這位講課師，是他的學生之一。

課後我問烏老師，任務？互相聽課評判？烏老師笑眯眯地答：不是不是，來取取經。到底是博士，講得眞是好。

我們畢業了，我去一家出版社報到上班。斗轉星移，人越來越忙碌，大學生活的點點滴滴早拋到九霄雲外。一天傍晚，正在辦公室收拾東西準備回家，突然有人敲門。竟然是烏老師。

寒暄之後，烏老師幾乎是囁嚅著表達了來訪目的——又一輪職稱評定開始了，系裡說了，烏老師一把年紀，沒功勞也有苦勞，無論如何解決一個副教授。不過烏老師硬件不合格，沒有學術專著。可這麼多年下來，沒寫就是沒寫，再說什麼也來不及在一兩個月裡寫出一本專著來啊，於是系領導又說了，編一本什麼吧，系裡睜隻眼閉隻眼，照顧一下。

烏老師說完，從隨身攜帶的一個舊舊的公事包裡掏出兩個厚厚的檔案袋，袋子裡，是烏老師編的書，一本文學作品賞析集。烏老師說：我知道這書沒人買，我不能讓你爲難，我準備了三萬塊錢，就算自費出書，行麼？

望著烏老師滿是期待表情的那張臉，我使勁點了點頭。烏老師臉上頓時綻放出欣喜的光澤。又從包裡掏出一個信封遞到我手上：辛苦你了……這個……一點意思……

烏老師又一次話未說完，臉紅到脖子根兒，倉皇欲逃。我一把揪住他，信封硬塞回他手裡，什麼也說不出來。這時，烏老師重重重重地歎了一口氣，臉上萬般神情瞬間滑過。

楊大姐

去年幾個朋友合夥兒做善事，修繕京郊的一座古廟。爲此招了幾個工作人員，有看院子的，有管賬的，有養花種草的，還有做飯的。

做飯的是位老大姐，姓楊，梳兩根大辮子，已經有些花白。說話底氣足，聲若洪鐘，步伐鏗鏘有力，完全不像一個快六十歲的人。

楊大姐是朋友介紹來的，來前通電話，我說這邊屬於公益性質的事，所以薪水微薄，請她好好考慮。電話那頭乾淨俐落脆的一口純正京腔：不是個廟嘛！我喜歡！我就喜歡廟！明兒你在麼？我幾點到合適？

第二天下雨，早早跑到廟裡等楊大姐。下午四點了還沒信兒。正琢磨著因爲下雨，可能人家計畫有變，人到了。甫一見面，全無初次相見的尷尬，楊大姐像老朋友一樣說：「雨還真大，我從房山過來的，路遠啊，等急了吧？」

楊大姐隨身帶個小包袱，隨便一擱就要求帶她在廟裡轉一圈：「熟習熟習情況，儘快投入工作。」我說不急，您先瞧瞧，滿意了再來。楊大姐兩眼一瞪，愣然的樣子：「什麼意思？你不是找我來做飯麼，怕我做得不好吃啊？我之前在房山也是跟廟裡做飯，人吃人誇，不信你打聽去。」我趕緊說，不是那意思，是要看您願不願意。楊大姐說：「沒見我包袱都帶來了！這麼著，你先帶我轉一圈，回來我就做晚飯，反正也到點兒了，你吃吃看，要行，就給我安排個床，打今兒起我就住這兒。」

在廟裡轉悠時，楊大姐不停讚歎：好地方啊，清淨啊，太喜歡了。轉到後院，我指著一座塔說：史書記載這是華嚴宗某祖師塔。話音未落，楊大姐猛撲上前，咕咚就跪那兒磕了仨響頭。站起身來，膝蓋上兩攤大浮水印。雨還沒停呢。

那天晚上，楊大姐做了麵筋青菜湯，炒了個蘑菇，外加一盤紅燒豆腐，我們幾人吃得碗淨碟光，嘖嘖讚歎，心想難怪楊大姐那麼自信。

我不常去廟裡，偶爾去，甭管啥時候，都見楊大姐在忙乎，有時在廚房，有時在院裡揀石子兒，歸整草坪，給各種樹修枝剪葉，一刻不閑。見了我必迎上來打招呼，若是逢上飯點兒前後就會問：吃了麼？後院有種的小青菜，揪兩顆給你下碗麵？

用餐時間。

一天傍晚，楊大姐手裡擇著菜，和我坐在院裡聊天。話趕話兒地，聊起她的家世。地道北京人，一輩子心對口、口對心地活著，一件自私自利的事沒做過。以前在個工廠上班，經濟大潮來了，廠子倒閉了，她就到房山一座廟裡做飯，一來爲稻粱謀，二來也圓了自己的夢。她吃齋念佛幾十年了。楊大姐總結自己，唯一毛病是脾氣不好。之所以如此，她說因爲自己是個老姑娘，一輩子未嫁。從小梳辮子，從未改過髮型。說到這裡，一向潑辣大器的她，一反常態突然嬌羞起來：「老姑娘都會有點脾氣，您別見怪。多虧天天念佛，天天吃素，要不脾氣更大了。」

冬天頭場雪後，楊大姐找我，簡潔明快地說，侄兒媳婦要生小孩，讓她去伺候月子，要離開我們了。說完又多解釋了一句：我特喜歡你們這群人，特喜歡這地方，可是歲數大了，得爲將來考慮，自己沒孩子，眞得指望這侄子啊……言至此處，楊大姐突然沉默，眼神複雜。

楊大姐又帶著來時帶的那個小包袱走了。送她的人說，臨行前，她到廟裡各個殿磕了三個頭。

小張

小張是個理髮師，我找他剪頭髮好幾年了。

理髮師這稱呼太傳統，時興的叫法是造型師。遇上我這樣只理髮不造型的，小張掙不了什麼錢。好在有的是講究人，燙髮染髮，要做標新立異的髮型，自己又老拿不定主意，這時就需要小張幫著設計，並完成。

小張駐足的這家美髮店生意好，過年都不歇業。老輩人的講究，正月裡不能剪頭，所以正月裡能開的美髮店，定是客人足夠多，總有人不在意那些忌諱。

幾年前我搬到新居，一切收拾停當，看看滿頭灰，就下樓衝進這家店。洗完頭，正巧小張閑著，就請他幫我剪。小張問：怎麼剪？我說：沒型兒，您看著辦。剪完回去家人猛誇，說好多年沒剪出這麼精神的頭啦。從此就固定找小張。對此我多少有點煽情的想法，覺得萬丈紅塵中，一朝相遇即有默契，自有因緣。

店裡大約七八個大工，洗頭的姑娘一律管他們叫老師。老師當中小張很特別。其他人都特別有造型師的樣兒，高高瘦瘦，腔調女女的，卻又肌肉突顯，一股健身房味兒。小張不是，個子很矮，敦敦實實的。他是四川人，遺傳的原因吧。小張也一點不女氣，渾身圓圓的，但又不顯胖，眼睛大，滴溜亂轉，隨時都在動心眼兒似的。

小張心眼兒是不少，比如別的師傅們都不太在意剪髮台的整潔，小張剪髮的空隙，會用吹風機吹掉台面上的頭髮茬兒，永遠乾淨利索。別的師傅都喜歡在台面上擺個獲獎證書、獎盃，或者和某位明星的合影；小張也擺，有個二〇〇四年得的什麼造型大賽的季軍獎盃，還有和歌星楊坤的合影，但是小張不甘於隨大溜兒，身邊的牆上，還掛了一幅書法作品，一個大大的「髮」字，繁體，既指示了行業特徵，又代表了發財的美好願望。有一陣兒小張老不在，問那些姑娘，她們頗帶豔羨地說：張老師自己當老闆啦。原來小張拉攏了一個老鄉，籌了錢跑到南城開了自己的髮廊。仔細一看，果然原來的剪髮台邊少了那個「髮」字。我心想，小張這回真要發了。

找小張剪慣了的頭髮，在別的師傅那裡總也剪不如意，其實大半是心理作用。正難受呢，突然就有一天，小張站在我身後說：還是我來吧。那天小張一邊給我剪著頭髮，一邊感慨生意的難做、老闆的難當。他說自己的髮廊客人太少，難以維持，關了。

小張雖然吃了回頭草，比原來還是上了台階。美髮店新闢了一間貴賓室，由小張主持。貴賓室的價格是大堂的兩倍，但找小張的回頭客依然絡繹不絕。那個「髮」字被掛回貴賓室正中間。小張的眼睛還是天天滴溜溜

隨大溜兒：順隨世俗潮流。

亂轉，像是又在盤算什麼新計畫。我跟他開玩笑，下次再走通知我一聲，別又不辭而別。小張連連說好。

但小張還是食言了，今天去剪髮，一進大門老闆就笑著說，小張又走啦。我還有點不信，兀自踱進貴賓室，果然「髮」字又不見了。這次小張沒有跟店裡交代去了哪裡，是自己又開新店了，還是改行幹別的了？無從知曉。回家路上，一邊摩挲著老覺得沒剪整齊的頭髮，一邊想，如果哪天在街頭和小張邂逅，希望他的眼睛還是滴溜溜亂轉，那就表示，他還在向前進。

小羅

前兩天路過琉璃廠，才知道那條路早已被拓寬，原來路口有座敦實笨重的過街天橋，要算標誌性建築，不知什麼時候也被拆了。

由那座橋，想起小羅。十幾年前，橋修成揭幕的那天，小羅罵了人。

那座橋下有家店鋪，小羅是店裡的售貨員，分管筆墨紙硯、篆刻印石，還有畫冊書籍三個櫃檯。我那會兒住虎坊橋，離得近，又正在跟一個老先生學寫字，所以常從他那裡買點東西。第二次從他手上買東西的時候，他一臉誠懇地笑著問：您眞勤快，上回那捲毛邊紙，這也就十來天吧，都寫完啦？我當時一愣，心想他怎麼知道？過後感歎這小哥記性好，天天手下幾百單買賣，對客人居然過目不忘。

類似這樣頗顯老派的優良作風，小羅身上很多，例子舉不過來。用一句話概括，就是得了琉璃廠老店溫文爾雅、盡心盡責好風氣的眞傳。

剛開始，我和小羅的所有交道都在三尺櫃檯前，每次不過一兩分鐘。最多叨嘮兩句何年的墨純，何地的紙好，從無多餘家常話。他姓羅，還是聽店裡別的夥計叫他才知道的。

雖然沒嘮過家常，眼睛耳朵可沒閑著，時日一久，還是大略知道些他的來歷。比如小羅的口音和我認識的一位老作家一模一樣，老先生是河北人，所以小羅也肯定是。再比如，逢年過節店裡夥計倒休，別人換來換去，小羅卻從不缺席，由此我又認定，小羅和家人的關係一定很緊張，十七八歲，正是叛逆期。

倒休：也稱「調休」，即工作日與休息日調換。

後來證明，後一條猜錯了。

那年除夕，起大早去小羅店裡買點紅底灑金紙，準備回家寫春聯。琉璃廠家家戶戶張燈結綵，一派節日氣氛。還在店外，就見小羅站在櫃檯裡，愣愣地在看門口一個大爺抖空竹，神色有點憂鬱。可我一進店，他臉上迅速流露出職業的微笑，與此同時，一聲「過年好」脆生生在耳畔響起。

礙著過年的喜慶，我純屬客氣地問：不回家過年啦？

小羅手指敲敲櫃檯：這兒就是家，當夥計的，沒資格回家過年。

我又問：爹媽也落忍？

小羅說：爹媽早不在世啦。

小羅這樣說時，仍是笑著，但我一時語塞，心裡明白那笑全是爲我，只爲我是他的顧客。在小羅這樣的年輕老派講究人心底，對顧客只能有一種態度，就是伺候。

這樣的小羅，如果不是親眼所見，我絕不相信他有朝一日會罵人，而且罵的就是顧客。

抖空竹：玩扯鈴。

落忍：方言。心裡過意得去。但常用於否定語意。

話說過街天橋通行那天，我又去買紙。小羅正忙著接待一位闊太太模樣的顧客，耐心細緻地向她展示各種熟宣，櫃檯上已經摞了好幾捲。

闊太太操著台灣腔國語，無論小羅拿出什麼紙，都碎嘴嘮叨盡情抒發著不滿，嗓門很大。小羅一點不忧，在闊太太指使下，繼續爬上爬下往櫃檯上摞宣紙，逐一詳細介紹。正在這時，闊太太不知什麼來由突然暴發，猛然把手中一捲宣紙朝地上一胡嚕，同時鄙夷地對小羅說：都是些擦屁股紙，太爛了嘛，還要來騙我說有多好……

全店的人，連店員帶顧客，都清清楚楚聽到了闊太太的吵嚷，老闆趕緊過來一臉堆笑詢問出了什麼事。此時的小羅，忽略過老闆，雙眼嚴厲地盯著闊太太不放，腰卻彎了下去，把地上的那捲紙拾起，拍拍上邊的土，一字一頓地對闊太太說：我在這店裡，閱人無數，紙是有靈性的，它會記住你這張臭嘴！

小羅雖沒上過幾年學，可「閱人無數」這樣文氣的話，平常在他口中也是時時迸出，頗有古風。而在如此古風的襯托下，「臭嘴」這樣的話，就算小羅最惡毒的罵人話了。

從那以後，再沒見過小羅，聽說他從那家店辭了職，回了老家。

胡嚕：以手拂之。

小月

小月是我家的小時工，四川姑娘，二十七八歲，眉清目秀的，喜歡笑。她每週來我家兩次，擦擦地、抹抹灰。有時候忘了洗的碗碟堆著，她也主動洗了。聽她說，在別的人家還管做飯，「那家人還挺愛吃的」。

我是晚不睡早不起的人，有時小月按慣例時間來，敲門沒人應，就先下樓溜躂會兒。再來開了門，笑盈盈問一句：剛起吧？說完悶頭幹活兒，一點不責備我耽誤了她的時間。

小月昨天來時，身後跟著另一個姑娘。小月說，大哥我要走了，以後她來替我行不行？

新帶來的姑娘，是小月的嫂子。小月一家人，好多人都到北京來了，都在這社區周圍做工。每次小月來，我會趁家中正亂，請樓下小賣部的人來換飲用水、回收舊報刊什麼的，來人一進門，小月常常用家鄉話跟他們打招呼，很熟的樣子。後來才知道，換水那小夥子，是小月的鄰居；收廢品那大哥，是小月的姊夫。

小月拎著塊抹布忙裡忙外時，我一般在書房上網，任她在外邊折騰。收拾到書房，我就起身給她騰地兒，偶爾閒聊幾句。

小月說，有個兒子在老家，該上學了，她跟老公遠離家鄉來北京打拼，為的就是孩子能好好上學，上大學，然後過上好日子。小月說，說是打拼，其實比在老家清閒多了，在那兒天天起早摸黑地下地，收成還沒準兒。在北京呢，每天都能睡足覺，掙得比家裡還多得多，到冬天，帶好幾千塊錢回家過年，鄉裡鄉親可羨慕了。

小月說，平常盡幹活兒了，不太想兒子，「爺爺奶奶看著呢，放心。」

小月說，固定服務的幾家人，對她的工作都特別滿意，她也挺自豪。小月說，每天白天都排滿滿的，晚上清閒點，就打打小麻將。

小月告訴我這些時，還是一直低著頭，手上活兒不停。不過，低著頭也能感覺她在笑。

我問她，血戰到底的四川麻將麼？小月這下很驚訝地抬頭問：對對對，你也玩吧？

小月下個月要走了，我問她，在這兒不挺好的嘛，幹嘛要走啊？回老家？她說不是，要去廣西，因爲老公在那邊「開了個門臉兒，忙不過來」。

店面。

小月的老公也在我們社區裡做過工，工作好像和電梯有關。小倆口經過兩年的辛勤勞作，攢了點兒本錢，小月老公頗具開拓精神地遠赴廣西，開了個門臉，自己當老闆了。做的生意，是廢品收購。

小月說這些的時候，笑得更燦爛，想來一是因爲老公有了新事業，一切充滿了希望；二來好久不見了，即將久別重逢，打心裡往外樂。

今天讀報，正巧提到小月的老家，是個國定貧困縣。想起大約十年前我去廣西，因爲是國務院扶貧辦的一趟公差，所以一直在桂西北的國定貧困縣東跑西顛。當時政府費了牛勁，幫山區赤貧人口建設了新家園，有水有電，可是到了搬遷的日子，村民們誰也不願離開原來的家。縣領導親自出動，逐個哀求，最後甚至不得已，伴以小小的威脅。

那場大遷徙的場景，當時看了唏噓不已。山民們排成兩列散了架的縱隊，人人一步三回頭，回眸昔日家園，淚灑不長莊稼的峰叢窪地。

由此想到，那些人如果像小月一樣，到城市「打拚」一段，又將如何？可是那些眼淚又讓我想到，離開家鄉，出來，對他們而言，好事壞事呢？

全稱是「國務院扶貧開發領導小組辦公室」。

小郭

小郭今年二十八九歲，已經成了郭總。

最早認識小郭，是因爲他和小張談戀愛。小張是我們照排車間的錄入員，眉眼大大鬆鬆的，好媳婦樣足足的。再早記不清了，最晚九六年，我編《中國作協第五次代表大會文集》的時候，一直是小張幫我改稿子。因爲是文件彙編，一個字馬虎不得，前後改了七稿。小張耐性好，一遍遍不厭其煩，一直笑臉相迎。

照相排版部門（或工作室）。錄入員的工作就是將各式資訊輸入電腦中。

那陣兒經常加班，一過晚飯點兒，小郭就來尋小張。小郭當時在這個城市另一頭的另一家出版社照排車間做事。小郭來了，我的肚子就叫了，提醒自己該下班了。還有，就是別當電燈泡了。

小郭見我們在工作，就坐在小張的旁邊，抄起本書看。小郭戴眼鏡，看著比小張愛看書，也比小張看著有主意。小張好像對小郭這一點非常欣賞，跟我說過：小郭可愛看書了。

後來小郭和小張開始談婚論嫁，與此同時，小郭決心創業。小郭和小張在一個大雜院租了兩間平房，買了幾台電腦，拉了幾個我們照排的小姑娘，也支了一個照排車間。公司名字是小郭起的，叫「步步贏」。

小郭和小張有一天來找我，一臉靦腆說：往後照顧我們。我說沒問題。從那以後，我的書稿基本都在小郭那裡錄入。好多作者都跟我去小郭那裡改過稿，比如石康第一次出書，就開著他新買的白色捷達到那平房去過。還記得石康出來，以他一向狂放的語氣跟我說：這幫苦孩子！還真能掙巴！

小郭用笨功夫，別人不毛校，他毛校，所以錯誤率極少，小郭服務又好，隨叫隨到，大禮拜天，騎著自行車滿城轉悠送校樣。慢慢地，小郭的

捷達：德國福斯汽車（Volkswagen）車款 Jetta。

掙巴：方言，掙扎、努力維持之意。

毛校：對排版後未經任何校對的校樣進行校對。

生意就好起來了。但是小郭的服務還是一如既往地好。

小郭生意擴大了，租了樓房，又換了更好的樓房。老是在搬家。開始是兩間，後來是三間，再後來是四間。小郭把親戚接來了，小郭把鄰居接來了，最後，小郭把妹妹也接來了。再後來，小郭就成了郭總了。

後來我在單位當了個小頭目，自己極少動手做稿子了，和小郭只在單位的樓道裡偶爾見面。小郭每次見我都特別客氣，害得我每次都得跟他說，別老這麼客氣。我和小郭，雖然沒有生分，但終究越來越不容易見著了。

今年夏天，我又忍不住手癢自己動手做稿子，自然去找小郭。電話打過去，小郭說，又搬家了，在華陽家園。去了看，一套三室兩廳的大房子。小郭陪著我在屋內參觀，努力壓抑住內心的自豪說：我買下來了。話音未落，小郭妹妹走過來，身後牽著個一歲多的娃，竟然早已結婚生子。我正逗弄孩子，小張聽到我的聲音，也從裡屋出來，挺著大肚子，滿臉笑。

今天，還有零星雪花飄落，我去小郭那裡改稿子，進門就有人說，郭總不在，出去了，一會兒就回來，請您稍等會兒。小郭的妹妹從裡屋出來，見我特別親，聽說我還沒吃飯，趕緊張羅著跑到廚房下了一大盆餃子，吃得我快撐死。我問女小郭：嫂子生了嗎？她說：剛生剛生，和我兒子居然是同一天生日，都是十二月四號。

看著女小郭甜美的笑容，看著小郭創下的基業，一時感到時間之河在窗外的雪花中流過，逝者如斯夫。

小奚

三年前，我買了現在住的這套單元房。當時促我作決定的，表面看很多原因，比如喜歡板樓的南北通透、房價在可承受範圍之內，等等。再往深裡說，也是因爲十幾年來一直在西壩河周邊打轉兒，先柳芳，後三元橋，再左家莊，一通顛簸流離下來，和這條河日久生情，所以看到這樓的影子能投到河裡，當即動心。不過這些都不是最後的決定因素，最終讓我下決心的，是小奚。

單元房：獨立（而非與人共用空間的）公寓。

小奚是這個樓盤的售樓小姐，快三十歲了，長得美，身材也好，看她接待顧客，舉手投足都很有型，一看就是售樓行業的資深人士。頭次見小奚，她向我作介紹，聲音軟軟的，雖然職業氣息濃厚，但有自己的獨門修煉在裡頭。反正我就被迷住了，隨她坐到寬敞的售樓處大廳，隔著巨扇的落地玻璃窗，面對秋日裡綠草茵茵的日式庭院，小奚請人現煮的咖啡在面前冒著熱氣，我心裡明白，如此一來，小奚的有效行銷時間已被她全盤掌控。

小奚無意間說起，自己也在這裡買了個一居室，我聽了心裡一亮，不過表面裝作若無其事，卻開始反覆地、多角度地力圖確認她買房這一事實。我的道理很簡單，她賣過那麼多樓盤，最終選擇了這裡，肯定錯不了。

後來，來來回回辦手續，直到住進新房，小奚不管多忙，都儘量陪著我。其實對她來說，這單買賣已經結束，對我表面客客氣氣即可，大可不必親自跑來跑去。我心存感激，本來也願意和她聊天，就漸漸熟絡起來，我對她的瞭解也多起來。

小奚是新疆的漢人，獨自來北京闖蕩很多年了，一直不太順，對工作認眞到較勁的程度，和人交往卻不是很會來事兒，不會花言巧語，也不太開

來事兒：善於交際、討巧。

玩笑耍幽默，所以只能硬碰硬，全憑實在取勝。她的這些個性我都看在眼裡，所以有一次我突然問：你是摩羯座的吧？她很驚訝我猜得準。

我和小奚差不多前後腳住進新家，社區不大，常常會碰上，就站著聊幾句。她好像越來越忙，每次說不了兩句，就被她隨時攥在手中的手機來電打斷。有一次我開玩笑說，買賣興隆啊，不過要多留點時間給自己，該找男朋友啦，你們摩羯座可是以感情生活不順利著稱的。

不想小奚聽了這話，立時有點走神，眼圈慢慢紅了。我意識到說錯了話，因爲我早從她的片言隻語裡猜出，她有相戀多年的男友，不知爲何始終沒有結婚。當時場面有些尷尬，後來還是小奚打破了僵局，沒頭沒腦地說了一句：一切看緣分吧。我也趕緊找補道：我還知道好多摩羯座的優點沒告訴過你呢，這星座的人，大器晚成的多，興許你明天就該升職啦。

沒過多久，小奚眞的升職了，成了整個樓盤三期工程的銷售主管。消息我是從別處得知的，專門打了電話祝賀。小奚語氣很沉穩，但我好像還是能看到電話線那頭，小奚自豪的笑容。

有時晚間站在落地窗前，俯瞰整個社區的萬家燈火，我會想起小奚。二十歲遠離家鄉父母，到現在三十出頭，把最美好的青春投擲在這個大而無當的城市，到了夜深人靜時分，在她辛苦賺來的一居室裡，如果想念起家鄉遼闊的草原、戈壁灘，她會是怎樣的心情呢？

「萬丈紅塵中，一朝相遇即有默契，自有因緣。」

「一輩子心對口、口對心地活著，
一件自私自利的事沒做過。」

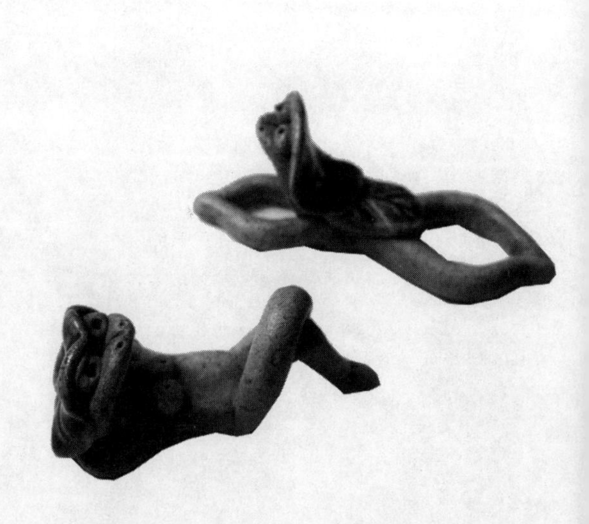

「對工作認真到較勁的程度。

不會花言巧語，也不太開玩笑耍幽默，

只能硬碰硬，全憑實在取勝。」

「性格如此，不顯山不露水，遇榮譽往後退，

遇苦差事雖然不至於向前衝，至少從不退避。」

小童

小童生在淮河邊的鄉村，不到二十歲就嫁了。丈夫是鄰村的，身強力壯，幹農活兒的一把好手。可惜他們最有力氣的時節，淮河兩岸全是鹽鹼地，莊稼怎麼侍弄也長不好。人口還密，就算鹽鹼地，也不夠種的。社會上興起外出打工潮，小童的男人卷了鋪蓋就奔了北京，留下小童和剛一歲的兒子。

兒子三歲那年，男人在一起電梯事故中喪生，小童傻了。除了種地帶孩子做飯，小童不會做別的。最好的生存之計是再嫁，可農村瞧不起孤兒寡母，再說，恨不得全村男人都出去打工了，就算小童想再嫁，也尋不著人。日子還得照常過，上有老下有小，小童成了全家的頂樑柱。

勉強撐到兒子六七歲，家裡實在窮到難揭鍋，小童跟婆婆商量了好幾天，一天清晨雞剛叫過，小童也捲了鋪蓋奔北京。身後兒子哭得死去活來，小童不回頭。

先在飯館裡做小工，包吃包住，每月還有幾百塊錢。住的就是飯館地下室，平時就潮，一下雨，更是滿坑滿谷水，每逢這時，小童哪怕正和兒子夢鄉歡聚，也得立即爬起來，抄起床底二十四小時常備的塑膠桶往外舀水。還不到三十歲，小童的腰經常酸得渾身乏力。

小童有時看看偌大個北京，能容下她的，居然只有地下室那一條三尺寬的床鋪，也心生豪氣，一定要闖出條道，至少，不再住地下室。小童不放過任何途徑，試圖換工作，可她吃虧就吃虧在沒文化，小學只上了三年多，甭管什麼雇主，一聽這，頭搖成撥浪鼓。小童幾次差點給人跪下了，仍然啥也沒改變。

過年了，別的工友都回老家，只有小童，想想來回路費夠兒子在家鄉上一年學的學費，就死忍著，一忍就是兩三年。

有一次，飯館裡有人酒後鬧事，工友被打傷，小童送他去醫院。交藥費時，小童聽到兩個和她差不多年歲的女人正用她家鄉話打打鬧鬧，心頭一熱，上前搭訕，很快三人打成一片。

當天晚上，小童向飯館老闆辭了工，捲舖蓋來到兩個同鄉的宿舍。也是地下室，不過位於三層地下室最接近地面的一層，沒有那麼潮。小童興奮得一宿沒睡，嚮往著她的人生新篇章——和那兩個同鄉一樣，她要做一名照顧病人的護工。

一晃四五年過去了，小童照顧了從外科到內科大大小小幾百名病人，成了那家醫院裡人見人誇的護工。常有病人私下裡誇她：你比那些小毛丫頭護士強多了，她們懂的真不如你多呢。小童會說：那有什麼辦法呢，人家有文化。

小童心細，幾年護工做下來，摸熟了醫院的上上下下，找到新的掙錢門路。急診觀察室和住院部病房不同，病床一個挨一個，擠死了，流動性又大，而偏偏這時候病人離不開家屬。守夜的家屬無處歇沒處睡，一片東倒西歪。小童盤算好多天，最終投資幾百塊錢，買了五把躺椅，病房裡一有空閒，就跑到急診室裡來回躥，把躺椅租給病人家屬，一宿十塊。居然備受歡迎，沒隔半年，小童又買了五把躺椅。

慢慢生活寬裕了，小童搬離了地下室，也捨得花錢回家看兒子了。春節，小童買張站票，一路站到家，大包小包的，沒什麼值錢東西，可都是小童辛辛苦苦攢下的。婆婆越來越老了，兒子呢，窮人的孩子早當家，小童的兒子才十四，已經成了男子漢。夜深人靜時，小童跟兒子說：好好念書，千萬別學媽，長大了到北京上大學，媽給你攢著錢呢。

小鞠

小鞠名聲太大了，大到必須化個姓名來寫她，否則寫出來的，很容易被讀者當成新聞通訊看。

小鞠是個運動員，五六歲進了體校，從市隊到省隊，再從省隊到國家隊，大多數有成就的運動員都走過這條路。小鞠得過各種大賽冠軍，包括奧運冠軍，當年報刊上，隨處可見她的大頭照。今天再看那些照片，她笑得燦爛不假，眉宇間總有一點發緊。

功成名就，小鞠選擇了出國，也是不少成功運動員走過的路，不過各有原因。小鞠出國的原因，在心理上。多年積攢下來的身體上的累、傷，精神上的壓力，以及突如其來的巨大名譽、罩在頭頂的光環，讓她越來越不自在，不時有要做點什麼出格事情的衝動，讓她有點怕。當然，諸多原因裡，還有愛情。不順利。總之，小鞠從國人視線裡消失了。

時間巨輪越轉越快，新鮮人事更迭的頻率快到失常，人人的健忘症越來越嚴重。小鞠成了歷史書中的一頁，插在落滿灰塵的書架裡某本落滿灰塵的書裡，悄無聲息。就在這時，小鞠回來了，三十多歲，正是女人的黃金年齡，帶著三個兒子。還有深愛她的丈夫。

小鞠丈夫眼裡，家庭成員分布情況是三個兒子一個「女兒」。他寵小鞠，就像對女兒，女兒要月亮，絕不給星星。「女兒」有多動症，做家務，陪兒子玩，養魚，和朋友聚會……一刻不停，活力十足。丈夫是個學者，經常需要安靜的閱讀環境，但他從來不怪罪小鞠在他面前晃，一來自己定力足；二來，「人家運動員出身嘛，好動是天性，我隨她。」

小鞠脾氣直，小火藥筒似的，眼裡不揉沙子，甭管什麼事，都喜歡參與意見。可畢竟是名人，外人面前要收斂，說話注意，一回家就放開了說，

出格：超越一般水準或常規範圍，與眾不同。

多動症：即「注意力缺陷過動症」（ADHD）的借喻。

從進門那一刻起，嘴就難停。丈夫始終笑瞇瞇地應和，小鞠得了鼓勵似的，說得更歡了。

有次小鞠遇到件事，有點二選一的困惑，完整而詳細地表達完疑問後，小鞠問丈夫：你覺得呢？丈夫嗯了一聲，繼續看書。小鞠追問：別光嗯啊，你說應該哪樣？丈夫抬起頭笑瞇瞇地問：什麼哪樣？小鞠想都沒想，又把剛才一番話重說一遍。說到一半突然反應過來：合著你剛才根本就沒聽，還笑瞇瞇地嗯嗯嗯。

一頓連嬌帶怨的小拳飛舞之後，丈夫笑瞇瞇承認，小鞠平日的話，他只能聽進去六成，另外那四成被自動過濾。「太密了啊，要是全聽，我就別看書了；可要不讓說，你憋著也不好。」小鞠眼珠轉了轉，想了想說：也對，不怪你。不過，六成太少，從現在開始，必須把聽進去的比例提高到七成！

有道是，幸福的家庭總是相似的。有這樣疼愛自己的丈夫，小鞠的生活幸福美滿，要擱一般人，肯定連家門都不想出。可小鞠好動，之前在國外，人生地不熟，兒子又都小，離不開媽媽；現在好了，回國了，兒子紛紛上了住宿學校，小鞠好動的天性終於釋放了，她利用自己的特殊身份，積極投身各種社會公益事業。

剛開始，名人的身份不太管用。一天小鞠和另外兩個當年奧運冠軍外出，坐朋友的車。半路車被員警攔下，說是壓了五公分的實線，開車的朋友很緊張。小鞠覺得給朋友添了麻煩過意不去，下車找員警套近乎：我們車上有三個奧運冠軍呢，您就高抬貴手唄。年輕交警狐疑地看著小鞠問：奧運冠軍？誰呀？小鞠一臉陽光笑容說：我呀，我是小鞠啊。交警上下打量半天，沒在記憶裡調出記憶體，愈加冰冷地下令：罰款。

小鞠從此更積極地外出，做公益，把自己的日程排得滿滿。小鞠說：「我得讓大家想起我是誰，這樣才能有效率地服務社會。」

人們再健忘，對小鞠這樣曾爲國家立下汗馬功勞的人，還是由衷敬佩。失憶是一時的，稍加提醒就全想起來了。小鞠的照片又開始頻頻出現在國內外報刊上，災區、貧困地區、學校……照片上的小鞠，年輕美麗、笑容燦爛，與多年前並無二致；不同在於，眉宇之間平順開朗，再也見不到她皺眉頭的樣子了。

老鍾

初見老鍾，在一輛老式上海牌轎車裡。他五十多，我十二三。他在開車，目不斜視。我蹭車，坐在副駕駛位，東瞧西看。後排坐著個文藝界的領導，閉目養神。

老鍾是專職司機，服務對象，就是後排那位。

搭便車。

領導比老鍾大十歲，經常看電影。那是他的工作之一，審片子。老鍾也場場不落。領導坐最好的位置，老鍾溜邊溜角找一旮旯兒，沾光看。很少看全，瞧著差不多結尾了，老鍾趕緊摸黑走出放映廳，到停車場將車發動了，夏天先把冷氣打開，冬天先把暖風開著，候著。老鍾覺得，這是一個司機必須做到的，工作就是這個。

老鍾略胖，四方飽滿的臉，四方飽滿的體型，一看就是敦厚老實人。話少，但不悶，不管別人說什麼，都跟著笑。有時大笑，有時微笑，很豐富，千言萬語都能靠笑表達似的。這種人最適合給領導開車，瞧著有忠心，又不寡淡。從他嘴裡，確實撬不出半句領導的祕密。要知道，領導的車內生活很神祕，眞碰上嘴不牢的，可慘了。

只要不涉及領導，老鍾的話少歸少，還是有一些。比如聊電影，老鍾過眼得多，且聊一陣兒呢。尤其聊到好萊塢電影裡飛車追襲段落，老鍾如數家珍。有次看完電影我又蹭他車，一路無語，但他明顯眉頭緊鎖。領導到家後，他接著送我。突然問：你說那車門子都那樣了，怎麼還能開呢，不能夠啊！說完噝的吸了口氣，接著琢磨。很明顯，他把那些特效做出來的車技都當眞了，可能劃入了業務學習範圍。虧得歲數大，從未在自己車上試。

旮旯兒：中國北方方言。指狹窄偏僻的地方或角落。

領導對老鍾還不錯，有人送禮，偶爾也分點給老鍾。那是八〇年代，物質生活極貧瘠，領導收的禮物，也就是一條紅塔山香菸、兩罐龍井茶、幾盒土特產而已。老鍾總是千謝萬謝，然後再分給同事們，並且說成是領導讓分的。只有一樣，老鍾收到絕不與他人分享，就是酒。老鍾像很多北京老大爺一樣，每日必喝，但每次只兩三盅。只喝白酒，好壞隨緣，不挑，喝完就睡。只要不確認可以睡下，老鍾絕不喝。老鍾說了，誰知道領導會不會突然要用車啊。

老鍾長期跟著領導，慢慢地，大家發現他和領導越來越像，經常穿同樣款式的中山裝，風紀扣同樣繫得嚴嚴的，走路姿勢也像。有天我跟他提及此事，我說看到哪本書上說的，一個警衛員，長期跟在司令員身後，本來內八字的腳，都隨領導扳成外八字了。老鍾聽了大笑。然後說：我們小老百姓，怎麼能跟領導相提並論，可別瞎說。說完微笑。

領導在辦公室工作時，老鍾就在部裡司機班的小屋待命。司機班裡其他待命的司機打撲克、聊大天消磨時間，老鍾從不摻和。讀書看報麼？也不是老鍾喜歡的事。他喜歡把各間辦公室當廢品堆著的大大小小用過的信封拿來，謹小愼微地拆開，將寫了字的一面翻在裡邊，用糨糊重新粘成一個可用的。別人見了笑話：沒見過這麼摳門兒的。老鍾微笑著說：好好的牛皮紙，可惜了兒的。

領導退休時，老鍾也六十了，一併退休。同事們很少見到他了，只是每月發工資的日子，老鍾會來領工資。再後來，老鍾不僅領工資，還需報銷點藥費。再後來，藥費漸多，老鍾老了，也來得少了。但是逢年過節，老鍾一定會去幾個同事家拜年，同事們看到，老鍾雖然老了許多，還是笑呵呵的。

陳製片

陳製片其實是製片人，在電視台工作。陳製片的稱呼，源自朋友間一個段子：某電影製片人下鄉拍戲，鄉領導分不清製片與製片人的天壤之別，老管他叫製片。結果每當人家叫完製片二字，這位老兄都要咬牙切齒地把自己身份補全乎：「人！」

陳製片可沒這麼小器，儘管他領導的一檔節目因爲頗有品位，受到國內外眾多知識份子追捧，但他身上毫無半點清高氣息，見誰都滿臉只見一口白牙赤誠以待。偶爾，有熟透了的朋友嫌他濫好人，睥睨著剛要諷刺他幾句，他會搶先把人家還在口腔裡打轉兒的話說出來：唉！誰讓我濫好人呢，眞沒辦法！

人無完人，陳製片偶爾也會脾氣不好。比如最近，陳製片突然痛恨起山寨手機。表面原因是嫌它吵，其實有更深的心理根源——他老覺得自己在山寨機上栽過跟頭，丟過人。

事情的經過是這樣的：一天，一向車接車送的陳製片決定親民一次，體察一下民情，坐地鐵去接兒子放學。車廂裡人很多，陳製片手抓吊杆，正在冥想風的方向、記憶的年輪（這是他負責的那檔節目的開欄語），突然聽到旁邊一位民工兄弟用渾厚的嗓音問他：你在什麼單位工作？

可算問對人了，陳製片一向熱愛自己供職的電視台，爲自己在如此泱泱大台工作而自豪。

「CCTV——」

一問一答瞬間完成。民工發出的第一個音頻被陳製片捕捉到的同時，他就扭頭看向民工兄弟，並脫口而出「CCTV」。然而，話音未落他已經後悔了。像古龍筆下那些曠世高手一樣，他後悔了。第一，他發現，農民工兄弟並未像老槐陰樹一樣開口說話；第二，他反應過來，能發出那般美妙聲音的，這世上只有一個人，他最好的朋友——朱軍老師。

此刻，農民工兄弟兜裡的山寨手機廣播裡，朱軍老師的節目仍在繼續，漸入高潮，原來是農民工兄弟正用山寨機聽《藝術人生》的廣播版。

陳製片吃了山寨手機的虧，從此留下心理陰影。他就琢磨了，爲啥當時反應那麼慢呢！爲啥當時就沒一巴掌扇向山寨朱軍的臉呢！

陳製片暗下決心：苦練反應能力。他分頭逮了隻蚊子和螢火蟲養起來，白天盯蚊子，晚上盯螢火蟲。

陳製片平時除了電視台的本職工作外，還有另一個身份——美食家，見天兒穿梭於各處飯館品嘗菜肴，在多家報刊開著美食專欄。自打開始苦練反應能力，他在各大報刊的美食專欄越來越少，直至銷聲匿跡，原因是，

典出因黃梅戲《天仙配》（又名《七仙女下凡》），老槐樹開口，為仙凡締結良緣。

中國電視節目主持人、演員。

中國北方方言，整天都……

一上飯桌他再也顧不上什麼色香味，只管手舉筷子雙目炯炯，專盯各種飛蟲，只要有膽敢飛到他視力範圍的，陳製片手起筷落，穩準狠，飛蟲當即斷了後。

三個月後，陳製片一個大周天練完，再上飯桌，恢復了往日那無比輕鬆的笑瞇瞇。這天，一干朋友在南新倉的「天下鹽」聚餐，陳製片身爲美食家，當仁不讓地主持飯局。陳製片左手邊坐了一位青春美少女，右手坐著以下巴長得無比英俊著稱的老全。席間大家討論起美少女的戀愛大事，都在責怪她浪費青春，遲遲不下殺手。

有人提議：不如追追那誰嘛，年齡相當，又那麼才華橫溢，你看他那什麼什麼寫的，稀世傑作啊！青春美少女霎時紅了臉說，人家好像早有女友了，再說，那小夥兒聰明不假，可聰明得頭髮比你們這群老男人還少呢。

這時坐在陳製片右手邊的老全聽不下去了，起身直言：頭髮多少不是問題……

說時遲那時快，老全下半句還尚未出口，陳製片的應急反應機制霎時啓動，搶過話頭：關鍵是下巴要長得好！

茶人大林

大林與我同庚，屬猴。她老公兒子也都屬猴，所以她對屬猴人有好感。她有自己的總結：屬猴人最大的特點是仗義。

我這兩年忙乎上喝茶，深陷其中耽誤不少生計。好在有失必有得，喝到了不少好茶，還見識了各種路數的茶人。接觸多了，我也有總結：性情之人多，靈氣才氣都不缺，但是不同程度地，骨子裡都有點玩物喪志的傾向。

大林也是個茶人，喝茶、藏茶，也賣茶。但她跳出了戀物窠臼，我管她叫「大」茶人。

說她大，因爲她的茶事都搞得大。喝茶專門拜了名師，壺裡乾坤一求十幾年。藏茶的地方，是幾千平米的倉庫，而且不止一地一處。賣茶論噸，一年幾千萬流水。規模到這地步，不得不開個門臉兒招待八方茶友，於是有了梧桐會館。市中心巨大的老院子，九棵梧桐樹圈起一片寧靜。大林說，當初一見這地方便覺投緣，細考之後得知，此處早年是個幼稚園，更早年是個道觀，怪不得，都是乾淨地方。

我這樣的喝茶人，逮到好茶，一泡下去未如意，調水溫，換茶具，要往回追；大林那天三泡岩茶同時開泡，北斗一號二號，水金龜，這麼金貴的茶，同時開泡已經夠奢侈，不想茶湯一出，眾人叭唧兩口，沒叭唧到期待中頂尖的味道，眉頭稍一皺間，三碗茶已被大林倒進剩茶缽。我暗自心疼，又終於忍不住把心理活動說出來。她的回應是：要喝就喝最好的，味道哪怕差了絲毫，不如不喝。

見過很多賣茶人，都覺得小器。小本經營薄利多銷的，是小字亮在腦門上，至少老實。更可怕的是那類假裝大的人，純忽悠型的，張嘴就是一副

平米：平方公尺。

門臉兒：店面。

忽悠：中國北方俗語。本字為「胡誘」，以語言胡亂誘導、浮誇、隱瞞或拐騙。

全國好茶盡在囊中、別無分號的架勢，可手中茶偏偏又屬「見光死」類型的，這種人聽著大，其實更小——小人的小。

大林賣茶賣得大——大器的大，人家明明批走數噸茶，款也刷刷點過，但她過後偶爾喝到茶樣，只絲毫不如意，大動干戈全部召回，情願賠上數十萬銀兩。問她，如此損失豈不巨大？她說這是小事情。

大林這話不是虛說，數十萬銀兩當成小事，是因爲心中有大目標，對此她倒不諱言，她要當茶王，全方位的茶王。這就好理解了，賣茶本已是諸多茶事之一種，更何況小到賣茶中的數噸茶葉。

老一輩茶人看重茶的玄意所在，重在細摳茶的口感、氣韻、餘味。越古越好，越純越好，越是似與不似之間越好，看不上那些非要把茶數據化、機械化的人。大林呢，雖然喝了那麼多年茶，對這一套嫻熟於心，但她公開提倡數據化、科學化，「拿數據說話」成了她的口頭禪。

我對數據化論調一向不以爲然，但是放下個人好惡不說，單說大林，也算是有不憚觸犯老輩茶人的勇氣吧。因爲目標遠大，便不在小節上摳摳索索。心裡只有幾百斤茶，當然可以一泡一泡細細談玄，但是天天想當茶王的人，眞顧不過來。

老孟

遍地都是。

老孟是個攝影師，不是眼下臭大街的那種照片攝影，而是含金量足足的電影攝影。老孟的爸爸就是攝影師，算新中國第一代電影人吧，到了老孟這輩，大學讀了專業院校的攝影系，子承父業。

大學畢業以後，老孟開始搞創作，和好幾個導演系的同學合作拍電影。那是九十年代初，電影業還不像如今這麼孟浪，老孟這撥人無不懷揣藝術電影夢，遠學柏格曼，近仿小津安二郎。當然，這只是比喻。

劇組常設在地下室，外景地一般在偏遠鄉村，甚至沙漠無人區，老孟他們的追夢之旅很辛苦。好在那時商業大潮尚在朦朧，勞其筋骨還能有回報，慢慢地，老孟他們一夥人眞折騰出些響動，被電影界稱作第六代。

電影紅了，紅導演，紅演員，老孟作爲攝影師，有點幕後英雄的意思。偏偏老孟性格正如此，不顯山不露水，遇榮譽往後退，遇苦差事雖然不至於向前衝，至少從不退避。這性格自然人緣好，多挑剔的導演都愛找老孟合作。一部戲拍下來，劇組上至盛氣淩人的女明星，下至場工財務，都和老孟成了莫逆之交。

攝影師是個力氣活兒，幾十斤重的機器天天扛著推拉搖移，身子板不靈眞不行。老孟瞧著瘦骨嶙峋，機器一上身，步伐穩健，姿態從容，有板有眼。劇組的小姑娘看他那身段兒都看迷了，她們不知道，這氣度可不是天生的，老孟爲此付出不少汗水。

老孟定期去打羽毛球，一半是喜歡，一半也是爲了練耐力練力氣，工作中要用的，跟瞎打著玩不可同日而語。

日常生活中，老孟是個嚴謹的人，處處有條理，做事講究個先後順序，極少隨興。到外地拍戲，一到駐地老孟先上街，買倆塑膠盆，一個洗臉一個泡腳，從不間斷。晚上劇組人再鬧，老孟定時睡覺，挺得直直的，睡下去什麼樣，第二天醒來還什麼樣。老孟的興趣愛好也不多，能數得出來的有兩件事，打球算一件，另一件呢，是看碟。只看電影，中外古今，博覽群「影」，還是和工作有關。拍戲常在外地，一去就是三兩個月，一回北京，老孟都要緊忙叨兩三天，回回順序都一樣，先把自己洗乾淨，再擦車，加滿油，然後衝向碟店，把不在期間出的碟都補齊。接下來的幾天，老孟除了恢復打球，就是在家看碟，又爲下一輪的工作做身體與專業上的準備。

好像一夜間電影就大踏步全面商業化了，老孟這些搞藝術的人，一時有點懵，抓不著要領似的。老孟一兩年沒拍戲，悶家裡，順應這巨變。這麼有條理的人，即便是悶著，也不會白悶，老孟趁這一兩年時間，解決了婚姻大事。

婚後生活正甜美，當初找老孟合作的那些導演，又紛紛撲來找老孟。導演們一向在大處不糊塗，自然擅長宏觀架構自己的人生，他們順應時代潮流的改變來得快，紛紛拍起電視劇。老孟隨和啊，電視劇就電視劇，還當電影拍就是了。

然而，電視劇畢竟是電視劇，你當電影拍，投資方可不允許，那後頭有白花花的銀子啊。老孟開始覺得有點亂。有條理慣了，老孟一輩子最怕的事就是亂，本來不大的一張臉上，眉頭天天緊鎖，一時有點手忙腳亂，連羽毛球都顧不上打了。好在沒過多久，老孟適應了，開始一個接一個地拍電視劇，一年當中，能在北京呆仨月就算不錯。

現在的老孟，看著很春風得意的樣子，不過身邊最親近的一些朋友心裡都有點感覺，覺得老孟不像從前那樣熱愛攝影了，一向穩健的步伐，多少顯出些無奈。

趙錢孫李　周吳鄭王　馮陳褚衛　蔣
金魏陶姜　戚謝鄒喻　柏水竇章　雲
俞任袁柳　酆鮑史唐　費廉岑薛　雷賀
皮卞齊康　伍余元卜　顧孟平黃　和穆
計伏成戴　談宋茅龐　熊紀舒屈　項祝
江童顏郭　梅盛林刁　鍾徐邱駱　高
經房裘繆　干解應宗　丁宣賁鄧　郁
裴陸榮翁　荀羊於惠　甄曲家封　芮

輯二

黃丁侶林
秦袁趙鄭

小琴

在網上搜索「八〇後」美女小琴的大名，跳出十幾個網頁。細看看，其實就三條內容來回重複。再細看，連這三條也很相似，分別是一次交通剮蹭事故後小琴不服判決的申訴，因行車違規被扣超過十二分重回駕校深造，駕照未能定期檢驗被吊扣。

朋友們都批評小琴，說你怎這麼暈哪，說你每天心思都跑哪兒去啦，說你怎這麼不靠譜啊。小琴遇此境況，會一臉不服抗辯幾句，不過依我看，她抗辯時也是暈著的，心思仍然不在當下的抗辯上。

剮蹭：擦撞。

暈：迷糊。

不靠譜：離譜，靠不住，搞不清楚現實狀況。

小琴的確整天犯暈，每次外出，都會先在家門和院門之間往返數次。手機沒帶一趟，忘了包又一趟，車鑰匙落了又一趟。這麼折騰法兒，小琴和朋友約會就經常遲到，就又被圍攻，說你怎這麼暈哪、心思都跑哪兒去啦、怎這麼不靠譜啊。小琴照例暈著抗辯，心思不在。

小琴也有指責別人不靠譜的時候。有一次在飯館點菜，小琴盯著菜單突然臉紅了，勉強瞎點了幾個應付了事，然後壓低嗓音詭祕地問同伴：這兒的菜名怎起得恁色情呢，太不靠譜了。一群眼睛齊刷刷瞪圓，聚焦在小琴指尖那個菜名上，可左右看不出色情在何處。小琴說：你看嘛，什麼叫蘿蔔干毛豆嘛。她把「干」字念成了第四聲。眾人當場哭的心都有，憤怒之下，又把此事編進小琴的罪證帳本，以便今後批評小琴時，隨時摘出來使用。

開始大家分析，小琴之所以整天暈頭漲腦、神情恍惚、心思愛開小差，可能因爲睡眠不足。證據之一是，經常半夜四五點還見小琴趴在MSN上。大家就關切地勸她，年輕人正在長身體，一定要保證睡眠啊。可小琴說：夜裡四五點？哦我那是剛醒，連軸睡了二十個小時，睡得好累。大家都知道，小琴還有個最大的特點是實誠，所以此話一出，徹底宣告所有同情都是自作多情。不過話說回來，大家的分析也還靠點譜——確實與睡眠有關，睡得狠也會暈。

一個人偶爾連續睡眠二十小時不稀奇，但在小琴卻是家常便飯。表面看，這也是典型的不靠譜，不過其中必有心理問題作祟。好在小琴實誠，在我啓發性追問下，說出一些她的家庭實況。

二十五歲的小琴一直和父母同居，家教很嚴，自小到大從未在外過夜。正是瘋玩野跑的年紀，不時會有孟浪一下的衝動，可父母對她關懷備至，她不回家就都不睡，死等。小琴很想獨立，經濟上一時又承擔不起。一方面對父母有逆反心理，但又對父母非常依賴。小琴時常爲這些矛盾焦慮不已，一時又沒勇氣衝破樊籬，就用暴睡抵禦焦慮，一睡解千愁。睡多了，自然暈；暈乎乎自然心思開小差，久而久之，得了個不靠譜的名聲。

由小琴這一個例，想到身邊很多「八〇後」常被老輩人指斥暈、不靠譜，彷彿這是八〇後的一個群體特徵。可是，「不靠譜」這樣的話，要分兩頭說，閨蜜之間互相批評，那是說著玩，甚至還有親暱的意思，就像叫人小名小狗子小禿子一樣。身爲外人，指斥別人不靠譜，相當於一句廢話，這樣的結論毫無意義，因爲這世上人和人千差萬別，一切因緣而生，每一個不靠譜的背後，都有各自不同的心理、社會等諸多方面的原因，我們不如去討論討論這些原因。再從這些原因出發，探究其背後更深一層的因緣相生。這才是一個心智成熟的人該有的態度，那些只知道指責的人，無異於盲人摸象，目光狹窄還振振有詞。依我看，這才叫眞正的不靠譜。

灌注、提升能量。

小花

小花個子矮，還胖，胳膊圓滾滾，腰也越來越不顯了，即便穿上那種特別剪裁以遮掩缺陷的衣服，腰也照樣顯不出。因此，小花對穿著特別在意。

在意不假，效果並不好。甚至越在意，效果越適得其反。問題主要出在兩方面：一來小花是個過日子的姑娘，重事業，重家庭。快三十歲了，事業正在要勁兒的時候，小花不願把工夫花在逛街上。

穿衣打扮這東西，表面看是個形式問題，實則一門深奧學問，深奧到最後，是時間。時間拼不夠，斷然沒戲。二來呢，小花去年嫁了人，小倆口兒都是工薪族，生活雖不至於有壓力，但是又供房又供車的，閒錢確實不多。再說，小花特別疼丈夫，丈夫打扮得光鮮，被同事誇，在小花心裡，比自己顯漂亮還要快樂一百倍。

小花脾氣直，說話直，心裡亮堂堂，沒什麼彎彎繞，所以人緣好，閨中密友甚多。按說，她穿衣打扮不出彩，閨蜜們肯定會提醒啊，總不至於「適得其反」。事實上，小花的閨蜜也的確經常詬病其著裝風格，可是沒用，成也蕭何敗也蕭何，「脾氣直、沒什麼彎彎繞」反過來理解就是太有主見、太執拗。小花對自己認定的事，必堅持到底，別人怎麼嚼舌頭都不聽。不僅不聽，還據理力爭，爭到面紅脖子粗。

幾年前一次聚會，我就聽到小花沖她閨蜜嚷嚷：憑什麼我就不配穿亮色?誰說亮色更顯胖?我就喜歡亮色怎麼著吧，我陽光我happy我就喜歡亮色。

對於她疼丈夫，閨蜜們也會半開玩笑、半打抱不平地譏她不知心疼自己：女人嘛，老不買衣服，還叫女人嘛!這時小花就會瞪起圓圓的大眼睛，反過來訓那幫閨蜜：敗家娘兒們！就知道消費，不知道持家！

小花的執拗脾氣，不僅體現在穿衣上，而且遍及生活的每個細節，成了她的性格特徵。有一陣兒，小花喜歡在一個網上論壇玩，時間一長，論壇裡的常客們都成了生活中的好友。一天夜裡，好友之一，一位以甜美嬌嫩著稱的姑娘，貼出一張自己童年的照片，引得壇內眾人一哄而上，跟帖誇讚。小花也跟了帖，貌似誇獎了兩句後說：讓你們看看眞正漂亮姑娘什麼樣！隨後附了一張她自己幼時照片。

壇內眾人明知小花絕不會記仇，所以一概直言不諱，紛紛敞開言路比較兩張照片。比較的結果，有多少算多少，一致認爲，單從照片看，小花小時不如人家好看，差的還不是一丁半點兒。小花怒了，連發十幾道帖，詳細闡述自己更好看之種種細節。開始大家還開玩笑逗她，妄圖說服她承認自己的確貌不如人，後來看小花一篇緊似一篇的回帖，逐個幡然醒悟——小花什麼時候服過輸啊！於是逐個緘口。作爲肇事者的那位嬌嫩女，更是忙不迭地、蹦著高兒地申明：誰再說我比小花漂亮就絕交！

蹦著高兒：跳起來。

認識小花五六年了，看著她就這樣爭著爭著，從一個剛出校園的少女，爭成了一個事業上大踏步前進的女強人。小花的本職工作是演藝經紀人。在小花眼裡，她的經紀對象，那都是全世界——月球如果有人也都算上——最牛掰的人，誰敢不同意，就和小花爭一個試試！

寒暑更替，光陰不經意間刷刷流逝，小花還從一個剛出校園的少女，變成了新婚的小婦人，照樣喜歡穿亮色，花花綠綠，長短不一，彷彿專門和自己較勁，怎麼顯胖怎麼穿。

小黃

劉曉慶唱過一首歌，裡邊有句詞叫「我還是最愛我的北京」。這話擱小黃身上最合適了。不過小黃不是北京人，江南生江南長，二十二歲拎個大箱子到北京，原因說起來很文藝。

小黃上學時迷上北京的一本文化雜誌，期期不落堆在床頭，本本翻得起毛邊兒。那雜誌在網上有個論壇，她就沒日沒夜泡在裡頭玩。小黃特別有激情，每帖必回，每回必誇，而且誇得由衷。那些小黃原來常在雜誌上瞻仰到大名心生敬佩的人，也在上面玩，慢慢都被小黃的執著感動，和她成了親密網友。

小黃學電腦的，但經這論壇的薰陶，對原來專業心生厭倦，說起文化圈的事卻如數家珍。又因爲論壇上的網友大多在北京，小黃的心時時刻刻向北京飛奔。轉眼該畢業了，小黃作了人生的大決定：去北京。

剛到北京時，正值論壇最興盛階段，網友們排著隊請小黃吃飯，天天一小聚，兩天一大聚，小黃那麼害羞的小姑娘，猛然間習慣了一件事：擁抱，因爲每個網友在她眼裡都比兄弟姊妹還親，小黃對身體親密接觸的接受，完全發自肺腑。

網友們大多在媒體工作，所以小黃在北京雖然沒工作，但靠給朋友寫稿子，即可維持生計。多年來對文藝圈的關注，讓小黃寫東西很快上路，加上年輕聰明，又肯吃苦，勤懇好學，不恥下問，把所有網友都當成老師，沒過多久，小黃的採訪稿比很多老記者寫得都優秀。稿約越來越多，小黃再參加聚會，經常不等散席就戀戀不捨地先撤，因爲還有幾千字的稿債。

冬天降臨，那個論壇彷彿隨天氣變冷而漸漸蕭條，小黃經過密集見識各種文化名人，對北京的神祕崇敬之情也慢慢打消，對人生的聚聚散散開始有了些體會，開始期盼穩定的生活。文藝圈最勢利眼，小黃雖然稿子寫得好，但沒有相關學歷，所以很難在媒體找到工作。其實也有願意接受的，眼界。

但小黃起點高，一般媒體還真瞧不上。她去了一家公司，成了標準的白領麗人，但網友們都知道，小黃心裡，還是想當個好報刊的好記者。

後來小黃故鄉最大的報社招記者，她猶豫很久，聆聽每一個親密網友的意見，又作了個大決定，拎著大箱子回故鄉。上火車那一刻，小黃把來送行的網友抱來抱去，眼睛哭得腫成桃。

小黃回去後，很容易通過了考試，很快就成了報社的主力記者。因爲分管文化娛樂，所以常來北京採訪演唱會之類。每次來都樂得合不攏嘴，逐個擁抱新朋老友。可一到該回去的時候，就又哭成淚人兒。有一次分別宴上，小黃借著酒力突然一拍桌子說：奶奶的，我還是最愛我的北京，我要回北京！

小黃迅速回故鄉，從那家報社辭職，又殺回北京。從那以後小黃有了明確目標：回北京，當好記者，二者缺一不可。可是世間萬事，哪件不是說來容易做來難，一晃三年過去了，小黃在北京與故鄉之間奔突無數個來回，還是沒能將兩個理想完美統一起來。北京不缺工作，但沒有小黃看得上的媒體；原來的報社隨時歡迎小黃回去，但她又捨不得北京。小黃的眉頭一天比一天緊，偶爾也開始感慨：唉，老啦老啦。

這個秋天，北京的天格外藍，小黃突然接到故鄉報社的正式邀請，請她作爲報社的正式員工，籌建報社駐京辦事處，就由她常年駐紮北京。和小黃初來北京時被大家請吃飯不同，這回是小黃分期分批地請大家吃飯，每一次飯局開始，小黃照例和大家狠抱，然後亮著嗓門宣佈：這回我眞算個北京人啦。

小丁

抓狂。

假如在半夜，MSN上小丁還亮著，我會忍不住湊上前刺激他：又加班？小丁一般回應一個撓牆，或者發瘋，或者搥地痛哭的圖示。照例，我會繼續往傷口上撒鹽：還在公司？他就繼續用圖示哭到爆。

加班是小丁的生活常態，常到他早習以爲常。偶爾正常下班，正常歇個週末，反倒覺得不正常，會在MSN簽名上歡呼。

小丁屬於八〇後年紀最大的一撥兒，今年三十歲了。供職於一家著名外企，因爲業績突出，二十多歲便成了中層幹部，帶著團隊左衝右突，活躍於首都經濟建設大舞台。

小丁是標準北京土著，不光本人生於斯長於斯，父母也都是北京人。小丁短短三十年人生，寫成履歷，也是標準人生。十八歲上大學，二十二歲畢業，工作，開始戀愛。談了兩三個，經歷了離散之痛，眞命公主出現了。又談了一兩年，貸款在通州買房，結了婚。再過一兩年，生了個胖閨女。妻子是公司同事，爲了專心撫養閨女，毅然辭職。小丁獨自挑起了養家重擔，用他自己話說，瘦弱的小肩膀，扛起一老一小兩個沉甸甸的王母娘娘。從此加班頻率更密了。

所謂瘦弱小肩膀這樣的形容，是典型的小丁式自怨自艾，貌似而已，不必當眞。他身高一米八，體重八十公斤，肩膀足夠壯實。這也是我敢於頻頻往小丁傷口撒鹽的原因所在，一是因爲他脾氣好；二是因爲，他慣用這種貌似自怨自艾，爲自己減壓。

小丁用網路日記的方式，跟哥們兒和熟人哭訴，不明就裡的人看了，以爲小丁命若遊絲，連根稻草的重量都經受不起了。其實呢，小丁的朋友們一看他在網上哭訴，就紛紛搬好小板凳集體圍觀，經常看到開懷大笑。並非這些朋友變態要做施虐狂，實在因爲小丁那些哭訴太有才了，生動、風趣、感染力極強。我這個退休圖書編輯，時不常地被他那些哭訴感染得直想重操舊業，將其整理彙編，出本笑話集。

罵罵咧咧地貌似自怨自艾，只是小丁生活側面之一，這時的小丁，只是在遊戲，並不走心。走心的時候，小丁會不自覺地文風一變，網路日記突然變得懷舊架勢十足，他會懷念當年如何熱愛足球，熱愛遊戲，熱愛搜集公仔，熱愛AV女優……那是他快樂的少年時光。三十歲的人，尤其一個有了孩子的三十歲男人，懷舊懷得言之有物、從容得體，我是沒見過出小丁之右者。不過，往往懷舊到末尾，小丁終會筆鋒一轉，甩出一兩句罵罵咧咧的貌似自怨自艾，把那股愈積愈厚的傷感氣息消解掉。小丁是個實誠人，還是個明白人，不會允許自己栽在眞正的自怨自艾中不自拔。

眼下又到了小丁一年中最忙碌的時段，他又開始在MSN上徹夜亮著小燈，大概實在沒時間更新自己的網路日記，每天晚上我打開小丁日記的頁面，看到還是多日之前的老日記，不禁有些悵然。手下鼠標一點，不定又岔到爪哇國去了，心裡卻還想著小丁，以及千千萬扎扎實實以苦爲樂生活著的小丁們。

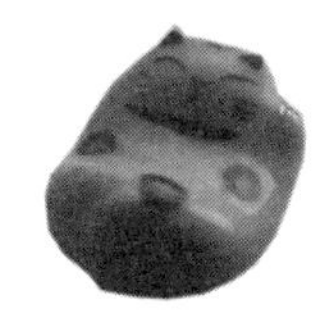

小侶

小侶比被我們稱為白淨的姑娘還要白，白到出格兒。有時一起玩，有不相識的新朋友加入，會對她格外關照，因為看她臉色，以為她身體不舒服。

因為白，一雙眼睛顯得特別黑。如此黑白分明、一絲瑕斑都沒有的一張臉，讓我覺得，這樣的姑娘生在這個紛擾雜亂的年代，有點格格不入。如果生在山還是山、水還是水的古代，會更融洽些。

在我想像中，古時候的姑娘，就像小侶這樣吧：細眉細目，白白淨淨。說話慢悠悠的，從不大聲。穿些顏色低調、寬寬大大的衣服。走路步子小，但很穩，極少歡蹦跳躍。有心事悶著琢磨，能消化的，就當什麼都沒發生；消化不了的，寫下來。當然，難免偶爾也有寫下來都消化不了的，就在可控範圍內發洩，比如，找最親近的閨蜜傾訴。

從古比到今，現代姑娘則大多情緒激烈，言行豪放，心裡存不住事，稍有不順心，必得當場一吐爲快。這些特點，都和小侶沒相干。

七八年前剛認識小侶時，她正在努力融入這個不太適合她的社會。她在一家雜誌社供職，是個圈內公認的好編輯，工作非常努力，努力到臉色在她自然白之下，又埋了一層慘白，憔悴，走路像在風中飄。還記得有一天，一夥人在簋街某座老宅吃飯，她一直緊蹙眉頭，雙臂不自覺地環抱自己。問她，她說，這裡陰氣太盛。一般說來，這是人身體比較虛弱的表現。

很努力的小侶，在工作中的種種艱辛付出皆未得到回報，周圍朋友都替她抱不平，小侶自己對此也困惑，同時很無奈。可是該工作了，還是撲上去。我在一邊旁觀，心裡愈加肯定了一分自己的感覺：她，和這個節奏如

簋街：北京東直門內著名的餐飲美食街。

此之快、亂花漸欲迷人眼的年代，的確格格不入。

好在因了種種機緣，小侶的生活突然生變，她隨夫君離開北京，去海南生活。她不再必須上班、和同事打交道，她盡可宅著，做自己喜歡做的事。從此，小侶好像突然活了。

先開始，我看到小侶的博客幾乎每日更新，沒有閒言碎語，沒有流水帳，每天一篇小評論，電影的觀後感，或是讀書心得。篇篇寫得認眞，看法獨立，從不人云亦云。感覺上，一部電影或是書對於她，都是純粹一對一的關係，她從不管這書在社會上是個啥評價，這電影別人看了怎麼說。我每隔一段時間去看，看她字裡行間，都是自在二字，爲她高興。

再後來，某天小侶突然發來一個文件，打開是部長篇小說。講她經歷過的一些事，生命中的一些過客，因爲不少人物的原型我都認識，我看得興致盎然，同時看她如何把張三的腦袋、李四的胳膊、王二的腿拼接一處，不時會心一笑，讚歎她把握文字的奇巧而不失自然。

這個應該生在古代的姑娘，終於找到了與這個時代的相處之道，那就是通過某種媒介來感知這個時代、參與這個時代。這一媒介就是書、電影。無論是讀書、寫書、看電影、寫電影，她都不必直接裸面這個時代，她可以保持一定距離，但又不遠離。這樣的相處，讓小侶越來越自在。

老林

老林是個香港人。不過從目前情形看來，這只意味著他拿香港護照，人卻一直在北京，在北京工作，在北京生活，十年了，是他迄今爲止人生的四分之一。現在他管到香港叫「去香港」，管到北京叫「回北京」。

十年前老林剛到北京時，鬧過不少笑話，其中之一是，他住朝陽區，有天朋友約他到海淀，辦完事他看看地圖，朝陽就是隔壁區嘛，反正年輕力壯，準備走回去。兩小時後，他對照地圖搞清自己所處位置，仍然沒出海淀區，當時站在街角摸腦殼——兩個小時，足夠他在香港橫跨十幾個區了。

老林少年在香港，求學在澳洲，最終讀到博士，學科是營養學。關於這一點，和他共事多年的同事，或者相處多年的朋友聽說之後，第一反應無不張口結舌，因爲在熟人眼裡，老林喜歡喝咖啡，但基本都喝即溶的。老林米麵都吃，但經常是速食麵、盒飯。朋友聚會，有時爲在哪兒吃飯爭執不下，老林會不耐煩地說，吃個飯還要吵半天，很無聊嘛，牡丹樓好了。「牡丹樓」就是麥當勞，香港口音念出來，就一副大酒樓的氣勢。

老林在吃喝上的品位，很像一個講究點小資情趣的民工，和博士，尤其還是營養學博士全不沾邊。

確實有人將老林比成民工。有位朋友和老林相約，去很體面的會所，談很正式的事情。老林露面，朋友一驚，只見他穿個棉猴，背個雙肩背的小包。本來身材就瘦小，這副打扮更是揚短避長，朋友當場譏諷：給你戴頂

會所：意近綜合性會員制社交俱樂部。

棉猴：風帽連著衣領的棉大衣。

草帽扔民工堆裡，還眞挺難發現的。

這麼一說，好像老林是個落魄香港藝術家似的，其實不然。正像八〇年代初在北京提起香港人，大眾心裡會直接默認對方的身份之一——有錢人，老林不差錢。他和朋友合夥在北京開了家頂級Spa會所，生意很好，被國內外很多專業評審機構譽爲京城最佳Spa。

於是朋友們又跟老林開玩笑，說眞正有錢人就他這樣，山珍海味沒興趣，偏好麥當勞這一口兒怎麼著吧。老林先是笑著謙虛，說跟人家那些富翁比，自己絕對是窮人；然後很嚴肅地說：道理倒眞是這樣，你看那些黑社會老大的照片，基本都像我這樣，又瘦又小，沒幾個長得有氣魄哎。老林說完，轉頭跟一個做導演的朋友申請：往後你要拍黑社會，讓我去演一下嘛。

老林確實看過不少黑社會老大的照片，這類歷史八卦，是他最喜歡的事。聽老林聊天很過癮，因爲八卦極多，不過不是演藝圈、娛樂界的八卦，他的八卦專業領域，是藏傳佛教。藏傳佛教的正史了然於心自不必說，難得在於，他對野史更是興趣濃厚，眞下工夫去搜集、考證，天長日久，眞快要到「無一句話無來歷」的境界。比如跟老林逛拉薩八廓街，老林甚至能說出街邊每塊石頭的來歷。這話不是吹牛，老林的八卦是有專著的，一本叫作《與西藏有緣》的書，出版後被眾多西藏迷奉爲必讀書目。

老林是個資深佛教徒，掙的那些錢，基本都貢獻給佛教事業了。他在香港成立了一家基金會，致力於修繕藏區寺廟的大善舉，引來不少追隨者。老林的精力也絕大部分花費在這事上，世俗事業的Spa會所，單從時間分配上看，像一件可有可無的事。

北京人一向不太瞧得上香港人和上海人，北京人說一個人不像香港人、上海人，那是對他最大褒獎。從這意義上我要說，老林智慧、機智、幽默，八卦，眞不像個香港人。

「憑什麼我就不配穿亮色？誰說亮色更顯胖？
我就喜歡亮色怎麼著吧，我陽光我happy我就喜歡亮色。」

「往往懷舊到末尾，終會筆鋒一轉，
甩出一兩句罵罵咧咧的貌似自怨自艾，
把那股愈積愈厚的傷感氣息消解掉。」

「北京人說一個人不像香港人、上海人，
那是對他最大褒獎。」

「以前天天聚的人，冷下來一想，其實之間也沒什麼可聚的，
志趣並不相投，人品也並沒有多少互相欣賞，
怎麼就會密成那個樣子呢？」

老秦

照現在年輕人的看法，老秦這代人，什麼倒楣事兒都攤上了。兒時趕上大躍進，吃不飽；求學時遭遇罷課鬧革命，沒學上；該走向社會時，上山下鄉風潮正烈，被發到村裡面朝黃土背朝天。現在好日子來了吧，他們老了。

一九五八～一九六〇上半年間，發生於中國的激烈「社會主義建設運動」。

不過要說現在的好日子怎麼來的，老秦這代人功勞最大。改革開放的大啓動，都是老秦這代人折騰的。他們彷彿整個社會的脊樑，他們不像老人們那樣揮灑自如，也不像年輕人那樣少有顧忌，他們是忍辱負重、最爲艱難的一代。

八〇年代初，老秦歷經磨難，快三十了重回校園讀書。畢業後加入援藏隊伍。很快因工作出色在當地做了官。又幾年，調回北京，在我供職的出版社當領導。

老秦剛到出版社時，有一天上級部門的領導來視察，臨時有雜事需處理，暫時借用老秦的辦公室。我不知情，但正巧有合同要找老秦簽字，象徵性地敲了敲門，擰門把就要進。說時遲那時快，突覺身後一股罡風襲來，隨即衣領子被人死死揪住。回頭一看，竟然是這間辦公室的主人老秦。他食指豎在唇邊，示意我不要出聲，然後壓低聲說：部長在。說完畢恭畢敬跨步到我前頭，輕輕地、輕輕地再次敲響房門。老秦當時那神情，讓我差點罵出四個大字：奴顏媚骨。

後來相處時間長了，見到的事情多了，關鍵是自己也成長了，漸漸理解了老秦的難處。他從外地調來，在部裡沒有根基，上有責難下有埋怨，夾板氣少不了要受著。加之老秦又性格內向，心裡有苦就強憋著，久而久之，就成了那樣一個人。很像巴金的《家》中那個大少爺覺新，委曲求全，鬱鬱不樂。

老秦這代人，多少「大少爺」啊。

有一年，老秦去外地找作者談書稿。路上遭遇車禍。撞得不是非常厲害，同車有老秦的大學同學，僅只皮肉受傷。這同學見自己無事，趕緊問老秦：怎麼樣？老秦回答：不太好。

這同學後來回憶，他一聽這話就明白出大事了。他與老秦同窗四年，太瞭解老秦了，但凡能挺得住，他連哼都不會哼一聲，而且必定會先照顧別人。「他是個特別特別自律的人，自己有苦絕對不說出來的。」同學說到這裡，作為佐證，說起他們讀大學時，一幫同學在老秦宿舍扎堆兒，縱論天下，揮斥方遒，突然床頭鬧鐘聲音大振，老秦立即起身，黑著臉把大家轟出宿舍。因為鬧鈴聲意味著，他給自己定的每天半小時英文閱讀的時間到了。

扎堆兒：多人鬨聚一堂，也有共同投入某事之意。

後來得知，老秦趕上了最小概率的事情——撞車的剎那，他頭部正撞在汽車前排安全帶的金屬扣上，導致顱內大面積出血。醫院全力搶救，老秦暫時保住生命，可是成了植物人。維持一個月後，心跳停止。那一年，老秦四十六歲。

老秦和妻子多年分居，歷經磨難，好不容易在北京安了個名實相符的家，生了孩子，過上穩定生活，前途無量，就這樣撒手人寰。那年他的兒子才三歲。

老秦葬在八寶山革命公墓，每年清明，我去給父親掃墓時，都會專門去看看他，心裡爲當年差點罵出口的那句話，有悔意。

老袁

八〇年代初，老袁還是小袁，上高一。小袁喜歡畫畫，墨筆山水，跟著班上的美術老師學。國畫想畫好，初學就得好筆好墨好宣紙伺候。小袁家境不好，父母雖然不反對兒子多學習，但是真供不起啊，再說眼瞅著考大學了，怕小袁分心，嚴令禁止。

小袁孝順，說停就停了，不過那顆喜好藝術之心鼓鼓的，沒處安放。學校閱覽室訂有一份《大眾攝影》雜誌，小袁看多了，又迷上了攝影。

管閱覽室的老師迷攝影，所以訂了這份雜誌。他見小袁整天看，英雄相惜，把自己一台磨得很舊的珠江牌120相機請出來，帶著小袁學。很快，小袁能和老師一同研究探討了。

小袁好想有台自己的相機啊，可是家裡宣紙都嫌貴，相機當然更沒指望。小袁只能偶爾在老師的千叮嚀萬囑咐下，借老師的相機拍兩捲。越得不到就越迷戀，萬事萬物莫不如此，小袁註定要和攝影結一世的情緣了。

盡瑑磨攝影了，高考自然受連累，小袁只考了個中專。畢業後分配到一個工廠做採購員。廠裡效益不好，掙不到什麼錢，可畢竟有了固定工資，小袁連吃倆月饅頭鹹菜，終於買了第一台相機。最便宜的品牌，還是二手的。

相機好壞檔次的差別太大了，便宜相機想拍出好東西，並非不可能，但對小袁這種已在理論上充分準備好幾年的人來說，相機上摁鈕太少，便很容易生出英雄無用武之地的感歎。

「採購」了好幾年後，小袁結了婚，開始向老袁過渡。彼時社會上正宣傳知識改變命運，老袁想想，都數碼時代了，爲了買好相機，爲了有時間攝影，當然還爲了老婆穿衣打扮不至於太寒酸，也該改變改變自己了。看看當年同學，分到政府機關的不少人，因爲有權，都不同程度地有了錢，老袁開始刻苦學習，報考公務員。

天公不負有心人，老袁趕上個好機會，民政局招聘下屬公墓管理所的所長。部門特殊，很多人不願去，老袁不怵，應考通過。一時間，老袁一家兩口子的工作崗位成了朋友們熱議的話題——老袁管公墓，而他老婆，是婦產科大夫，生死兩件大事，在他們小倆口這裡一條龍全管了。

來開後門兒的漸漸多起來。老袁脾氣好，人品正，頭腦又靈活，很快把公墓經營得有聲有色，富了。那年做完年終決算，老袁看看會計送來的報表，瞅著總盈餘數位後邊那些個零，一拍辦公桌，買台最好的相機！

公款買的機器，當然列入公家固定資產，不過老袁可以自由支配。延續十幾年的相機夢終於圓了，從此一發不可收，一到節假日，老袁就開著所裡那輛切諾基，繞世界飽覽祖國大好河山，行李箱一大半的位置，留給那台沉甸甸的相機和它的各種配件。

越是拍得多，陷得就越深，漸漸地，老袁覺得天天坐班，只節假日才能

切諾基：美國克萊斯勒汽車四輪驅動越野車款Cherokee。

出門，太不盡興了。想到了就去做，老袁的決定是：四十開外的人，有資格培養年輕人了。

很快，老袁把所裡日常工作都放心地交給了手下人，自己漸漸淡出歷史舞台。對此很多人不理解，局領導還找他談話，說正準備提拔他呢，怎麼就退縮了。

這些話老袁聽著，心底並非一絲漣漪不起，出身貧寒人家，位高權重這種事，對老袁還是頗具誘惑力的。不過魯迅說得好，「有誰從小康之家而墜入困頓的麼？我以為在這途路中，大概可以看見世人的眞面目」，老袁初步體會了只有攝影才是生活全部的愜意與閒適，漸次認清當官這樣「困頓」的生活中，世人的眞面目，再想要他回頭，有點難。

昨天老袁來電話，說又跑到黃菓樹瀑布拍片。好美啊。他說。

老羅

有天晚間，我們行走在一條鄉村公路上，一行七八人，月光皎潔，人皆投緣，漸漸就走成一橫排，說說笑笑。這時身後射來汽車燈的強光，緊接著，汽車喇叭聲。我們迅速變隊形，走成一豎線。可是喇叭並未停止，一直無端地嘀嘀嘀。我們前後看看，讓出的道路足夠兩輛汽車並排通過呀。不明就裡，各自心生納悶。老羅突然從隊伍裡斜刺殺出，迎面擋在來車前方，紮穩馬步。汽車大燈照耀下，老羅怒目圓睜暴吼：嘀嘀嘀，嘀什麼嘀，開個小汽車了不起呀！老羅當時那架勢，像要挑滑車。

典出京劇武生戲《挑滑車》，南宋守將高寵，力拒金兵鐵滑車十餘輛，壯烈殉國。

很像七八歲孩子吧？老羅六十開外了。

老羅是這樣的人，眼裡揉不得半粒沙。年輕時在台灣，罵國民黨；後來到美國一住二十年，罵美利堅。逮什麼罵什麼，從社會制度，罵到飯館不乾淨。老羅學過武，身手矯健，常跟人打架，五十多歲還架約不斷。爲此老羅倒也絲毫不敢放鬆鍛鍊。他去朋友家串門，因爲從不打招呼，經常吃到閉門羹。老羅不在意，當即脫光上衣，抓緊時間在朋友家門口呼兒嗨喲練上了。朋友半夜才回，遠遠只見門口一大白條肉嚇一跳；近前一瞅，老羅滿身細汗，死等呢。

老了老了老羅來了北京，一來喜歡上，住下了。沒過幾年，還在北京找了個媳婦，安了家。是二婚，前妻早被他的臭脾氣嚇跑了。

老羅是個藝術家，畫畫寫字。畫的是國畫，但是既非潑墨也非工筆，是介乎工筆與素描之間的風格。最常入畫的是樹枝、樹幹，都是枯的。還愛畫石頭，巨石細石，無不長相怪異。滿紙枯墨，筆道雄渾蒼勁，又不失怪意。畫如此，人有點性格，有點小暴脾氣，就不難理解，甚至覺得很合拍。

老羅賣畫爲生，名聲不大不小，在如今這般混亂的藝術市場條件下，老羅號準了自己的脈——眞懂、眞喜歡他的，不吝價格之高定要設法據爲己有；不懂、不喜歡他的，再便宜也不要。因此老羅賣畫的定位，是走極端路線，三年不開張，開張吃三年。

老羅畫得細，肯下工夫，一幅四尺宣，有時要畫大半年。當然不只畫這一幅，他會幾幅同時開工，間或還夾雜著幾幅書法條幅，《泰山金剛經》風格的，也是蒼勁路線。字畫都耐看，値得斥重金。

老羅除了畫畫，還是兩岸三地著名的茶人。以前老羅在茶界，也以脾氣臭著稱。找他喝茶，不是頂級貨輕易別往他手裡遞，任你再好的朋友，他會絲毫不留情面，直接吐出口。有次和他在一個鼎鼎大名的茶人家喝茶，人家一泡泡地獻寶，家底兒都掏乾了，他還在一口一口地吐。那人再儒雅再不計小節，也被惹翻了。出得門來我怪他，好歹留點面子嘛，搞僵了不太好。老羅鐵青臉說，僵了算，反正沒好茶，浪得虛名，沒有交往必要！

現在不同了，老羅脾氣好了，次茶固然少有機會近他身，但是之前爲他嗤之以鼻的一些中高級茶泡出來，他再不喜，也只是口不沾杯而已，再不

《泰山金剛經》：全名《泰山經石峪金剛經》，又名《泰山佛說金剛經》。是中國現存規模最大的佛經摩崖刻石。

吐了。臉色還會難看一下，但是瞬間過後又持微笑之態，明顯心裡已經一來一去殺了個回合，克制住了情緒。

朋友們都說，老羅定居北京後脾氣好多了。不知是新媳婦照顧得好，還是北京這個城市養他。再或者，年歲漸大，內心柔軟一面終被喚醒。總之老羅變了個人。

趙老太太

七十五歲的趙老太太每天這樣度過——

早晨六點起床，先喝一杯昨晚晾在床邊的白開水，之後並不急著起床，先在床上作半個小時的腹部和腿部體操。作完操，洗漱清爽，七點要看中央台的《第一時間》節目。看完開始做早餐，常是煮點粥，配以粗糧和三四樣小鹹菜。

九點，趙老太太下樓買菜。單爲買菜其實不用天天下樓，不過她天天去，每天買新鮮菜還在其次，主要想遛遛彎兒。俗話說，飯後百步走，活到九十九。趙老太太信這個。

十點，趙老太太已回到家中，一般會上網看看新聞。她還在理財顧問的推薦下，買了基金，所以上網必不可少的另一件大事，是關注基金行情。都說現代人易有網癮，趙老太太沒有，網路對她來說只是工具，接受新鮮事物的工具，也是與親人、朋友聯絡的工具，幾乎每天打開信箱，裡邊都躺著幾份老同事、老朋友發來的郵件，內容多是關於老年健康生活的。趙老太太有時看人家說得好，就再轉發更多人。

十一點半左右，趙老太太吃午飯。午飯後小睡片刻，那時寬敞的四居室，是一天中最寧靜的時刻——這房子裡只住她一個人。

下午的時光，主要用來讀報和看電視。趙老太太訂了《健康文摘》、《作家文摘》等七八份報刊，每天流覽，過不了幾天，這些報刊就在屋子一角摞成堆。隔兩三個月，趙老太太招呼收廢品的上樓，清理一次舊報刊。

趙老太太愛看電視劇，下午經常會有優秀電視劇重播，一放好幾集，不用一集一集地看著揪人心。看電視的同時，還會挑些家務做，擇擇菜，抹抹灰，也是藉機活動鍛鍊。

趙老太太住在一個六層板樓頂層，很多朋友勸她，年紀大了，住六樓，沒電梯，爬著多累啊，換個房子吧。趙老太太說，它還幫我鍛鍊呢。還真是，她每天至少爬兩趟樓，上午買菜一趟，下午五點左右下樓取報紙一趟。

傍晚的家屬院最熱鬧，老同事們在院裡活動或者經過，趙老太太會和他們聊聊天，不時發出爽朗的笑聲。

六點準時吃晚飯。吃完收拾停當，開始連看北京新聞和新聞聯播。然後又是她鍾愛的電視連續劇。這麼大歲數了，還是經常會被電視劇裡一些情節感動，流眼淚。不過從中也證明，趙老太太的心還很活躍。

十點左右，趙老太太洗漱完畢上床休息，忙碌而充實的一天，就這樣拉上了帷幕。

趙老太太被單位拉去參加健康老人選拔賽，比賽規則裡有一條，要選手

家屬院：職員眷屬宿舍。

提供一段展現自己生活的視頻。趙老太太常看電視劇，對影視作品結構不陌生，默默在心裡打草稿。最終決定，就拍「我的一天」，從早晨起床至晚間休眠，畫面有條不紊。畫面有了，趙老太太又設計用畫外音方式，附加介紹，讓觀眾能更全面地瞭解自己的老年生活。

趙老太太在畫外音裡先是介紹自己還喜歡旅遊，喜歡打太極拳、舞太極劍；又說自己愛好廣泛，對新鮮事物都感興趣，和時代脈搏共跳動；還說和子女、鄰里、朋友無不來往融洽，和睦相處，極少有煩心事。

最後趙老太太說：我今年七十四歲，老伴離開我已經十五年了，三個孩子各自獨立生活，我算是個空巢老人吧。不過，獨居老人自找樂，單身生活也精彩。我人老心不老，身體健康，精神愉快。

老鄭爹

小時候生活在蘇北一個縣城，住在五金公司的家屬院。那院子，前頭一片玉米地，後邊一片核桃林，雖然整個縣城也沒多大，但比起鬧市的十字街，這裡還是荒僻了很多。

家屬院被一道圍牆隔成兩半，圍牆裡，三排大庫房呈U型分布；圍牆外，五排紅磚尖頂的平房，住著幾十戶人家。老鄭爹住在中間一排的最東頭，那是這個院子最佳位置，安全、核心、一覽無餘。

老鄭爹也的確是這院裡的核心人物，六十開外，已經退休，但是之前做過單位領導，而這院子裡除他以外，都是售貨員、司機、搬運工等平頭百姓，所以老鄭爹順理成章，成了家屬院的居委會主任。雖說是份不入品的閑差，可在大院，老鄭爹威信極高，平時說話，口氣軟軟的，聲音不大，人人都聽他的。

威信高不是因爲當官，老鄭爹太不像當官的了，也不像當過官。否則也不至淪落到與平頭百姓混居的境地。老鄭爹的威信，全靠多年積德行善攢下的，厚道、勤儉、有擔當、樂於助人。相由心生，老鄭爹一臉純樸，像個農村老大爺。

老鄭爹確實農民出身，進城幾十年，長相做派還是農民樣子，臉上好多皺紋，額頭尤其溝溝坎坎，開懷大笑時候，那些溝坎平展些。

我在那院子住的時候，正逢上個世紀七〇年代，彼時全中國人都忙著批來鬥去。批不下去、鬥不下去了，就學《毛選》，還有各種白紙黑字的學習材料。白天在單位、學校學，晚上到家，居委會繼續組織學。可是，哪有幾個人心甘情願這麼個學法兒啊。老鄭爹肩負組織重任，以他一貫之老實，不能不好好組織；與此同時，以他一貫之厚道，他又明白眾人的心。

尋常、普遍。

於是，每到學習日，只聽老鄭爹在五排房子之間穿梭，口中高喊：學習啦！學習五十四號文件啦！

所謂五十四號文件，是指撲克牌，五十四張。

每到學習日，全院的大人在老鄭爹組織下，聚集一處，兵分幾桌，打升級，捉黑叉。老鄭爹自己不怎麼玩，坐在門口放哨，以防別有用心者來查崗。一邊放哨，一邊看著屋裡一桌桌牌局，老鄭爹滿臉憨笑。

外人面前，老鄭爹一副忠厚長者樣子，一見老鄭奶，就成了小孩子。老鄭奶手腳勤快、動作麻利，平日見她洗菜做飯，嘁哩喀喳，忙而不亂，有節奏有氣勢。有這樣的老伴，老鄭爹樂得做個「妻管嚴」。倆人在院裡散步，會看到老鄭奶一會兒揪揪老鄭爹起皺的衣服角，一會兒拍拍老鄭爹後背的浮塵，老鄭爹看著一副不要你管的架勢，其實呢，很享受，眉間大大開開的。

老倆口一輩子沒生小孩，老來膝下無子，不免有些寂寞。所以老鄭爹對院裡每一家的孩子都特別疼，兜裡永遠備著小餅乾、水果糖。

都為中國國內盛行的牌戲。

烏老師
楊大姐
小張
小羅
小月
小郭
小奚
小瞿
小駒
老鍾
陳製片
茶人大林
老孟
小琴
小花
小黃
小丁
小侶
老林
老秦
老袁
老羅
趙老太太
老鄭爹
老武
小顧
東子
小軍
小馮
小蔣
小陳
小茹
小魏
姚大姐
老張
衛老
老唐
莫莫
老狽
小強
小龍
英子
小毅
梅
卓瑪
小連
小江
東東
麻雷子
豆腐
王老黑

有年除夕，突然滿院子聽到老鄭爹歡快的通知聲：來我家吃飯！都來都來！我湊熱鬧跑過去，只見他家桌上堆滿香噴噴的飯菜，蒸好的饅頭摞在一邊像座小山。屋裡除了老鄭爹老鄭奶，還多了個人，一個解放軍，齒白唇紅，穿著挺刮的綠軍裝，紅領章分外耀眼，目光柔和地對我笑。

後來才得知，這是老鄭爹當年收留的一個棄嬰，老倆口省吃儉用把孩子拉扯大，送去參了軍。一去經年，孩子刻苦上進，節假日從不休息，很多年沒回來過了。這次因爲剛剛升職爲排長，榮歸故里。

那天，解放軍跪在老鄭爹膝下，老鄭爹使勁胡嚕他的頭髮。那天夜已很深的時候，還能聽到一向說話聲音不大的老鄭爹亮開嗓子的笑聲。

老武

老武四十歲上下，長得儀表堂堂，白，胖，一副金絲邊眼鏡兒後頭，突著一雙細長眼，有精光。老武穿衣服，喜歡把襯衫掖褲子裡，三伏天兒也穿襯衫，不過長袖換成短袖，還掖褲子裡，走到哪兒都背著手，很像電視裡領導在視察。

起初在一場文藝青年聚會上見到老武，雪白的短袖襯衫，一看就是高檔名牌，還是場面上的體面人喜歡的那種俗大牌，在一群花花草草、隨意成性的T恤中，像一顆高大的雲杉，挺拔而扎眼。

老武正跟邊上人聊天，氣定神閑地說起，他在國外看一場芭蕾舞，很震撼云云。然後，突然，愈加不經意似的，老武說：他們國家的總理，就是那誰，原本和我同一個包廂的，後來家裡突然出點事，沒來，耽誤了耽誤了，我還說問他個事兒呢。

從此覺得，老武不是一般人，挺有背景。

不久，又見老武，在一個紅酒品嘗會上。天氣涼了，老武穿長袖襯衫了，當然還掖褲子裡。那天老武在和一位職場成功女性打扮的中年婦女聊，我坐得不遠，聽到聊的主題，是茶與酒，又從茶聊到禪，引經據典，滔滔不絕。語調鏗鏘有力，很自信。說的都是總攬全局的話，比如說，比起紅酒，茶的味道變化要差遠了。

我平時好喝茶，聽這話題，豎著耳朵要往下聽，那頭卻換了話題。老武對那婦女說：你好喝茶的話，明兒去我那兒拿，好幾個部委的大祕們，別的不趁，就趁茶，一過節就往我這兒送，完全擱不下，煩死了。我聽到此，不禁又羨慕的目光投過去，老武臉上眞是煩死了的表情。當時心想，這老武，不光有來頭，還都是硬來頭啊。

說來也怪，自打認識老武，耳邊總有人提他，有說他剛在一場拍賣會上拍下一件青花瓷的，有說他剛從布拉格考察房地產回來的。甚至有一次，聽說，他去太平洋某個島了，說要在那兒住幾天。不過小住僅是表面現象，實則老武動了退隱紅塵之心，聽人說那島不錯，去瞧瞧，好了就買下。

這類消息聽多了，我又暗想，老武眞是錢權皆備，不得了的人物，自不是我輩隨意可以沾惹的人。從此有意遠離。可是，偏偏自打認識老武之後，總在各種聚會上頻繁邂逅，只得匆匆打了招呼，趕緊閃。

那年冬天，天奇冷，各路朋友之間，好似要配合天氣的冷峻，走動突然少了，偶爾聚一次，也是相對傻笑，不時冷場。以前天天聚的人，冷下來一想，其實之間也沒什麼可聚的，志趣並不相投，人品也並沒有多少互相欣賞，怎麼就會密成那個樣子呢？

不過有一次，冷場突然被一個話題衝破，一夥子人，嘰嘰喳喳吵到夜半。這話題，就是老武。

據說，最早是有一位喜歡較眞兒的哥們兒，某次又聽到老武聊到那場芭蕾舞，這哥們兒記性好，聽著聽著不對勁，不禁發問：老武你上次說的可是那國家的總理，這次怎麼成議長了？

從此這哥們兒較上了勁，開始遍查老武的各種傳說，得出來的結果，大多是芝麻，但是人們口口相傳的老武故事裡，都是西瓜。比如那場芭蕾老武確實在場，他是某大媒體記者，奉命前去採訪，確實被允許可進議長包廂，和其他十幾家媒體同行，對議長進行集體採訪。比如太平洋的那個島，老武確實去了，是和女友渡假一週。渡假期間，老武和島上居民聊天，說當地的農民房子，一平米只合人民幣幾百塊，老武和女友不禁暢想，買它幾十平米，留作將來養老。

俞任袁柳
皮卞齊康 伍余
計伏成戴 談宋茅龐
江童顏郭 梅盛林刁 鍾徐邱駱
經房裘繆 干解應宗 丁宣賁鄧 郁單杭洪 包諸左
裴陸榮翁 荀羊於惠 甄曲家封 芮羿儲靳 汲邴糜松

輯三

顧馮蔣陳
茹魏姚唐

司馬上官歐
東方赫連皇
公冶宗政濮
申屠公孫仲
宇文長孫慕

小顧

週末，天氣眞好。春天再晚還是來了。朋友說，冬裝一卸渾身輕，不如上山？我們就奔了西山，去探小顧。

小顧是朋友的朋友，當初，他們剛認識沒多久，朋友就來說，一定要認識小顧，這般那樣。我這一通聽下來，未見人，已仰慕。

車過三環，四環，五環，繼續向西。到山腳下仍不停，盤山而上。開始還是大路，兩邊旅遊小商品店東一簇西一簇，癩頭疤臉的樣子。漸漸前行，目所及處，景象雖荒涼卻空曠得清新起來。

一路上，朋友接了小顧兩通電話，交代怎麼走。未見其人先聞其聲，這份操心這份細膩，可見是個細心周到的品行。

路越走越窄，路窮處，半山兀現一個小村落。忘了叫什麼「旗營」。下車步行，深一腳淺一腳地穿巷過巷，來到一個小院前。院門口，小顧站著，闊臉但瘦，戴眼鏡，斯文靦腆又不失剛強。舊藍色毛衣，基本算個光頭。很多人三四十歲了剃光頭，才發現不知何時腦袋上留下疤，大多是童年嬉耍沒輕沒重的紀念。小顧後腦勺也有一個。

所謂院子，四五平米，灰磚鋪地。一間大屋，隔成丁字型的三間小屋，各七八平米。一間是臥室，一張床，一個床頭櫃，一盞檯燈，一筐衣物。一間是廚房，灶台，頗有年頭的兩屜桌，桌上擱著切菜的案板，和刀。再一間是客廳兼書房，書櫃，椅子，兩個圓板凳，又一張兩屜桌，桌上一張古琴。琴，是小顧自己做的，仲尼式。

小院對面，還有間二十平米的民房，也暫時屬於小顧。據說原來是間車庫，被他改成做琴的作坊。推門進去，房間一角堆著十幾塊琴坯，開了膛，安了雁足。

其實，舊藍毛衣，包括物質條件，包括細心周到，包括做琴彈琴，甚至包括穿越癩頭疤臉的大路，深入荒涼清新的村落……所有這些，正是我之前聽說的小顧，一路參觀下來，只爲親臨其境體會，並無驚異。而所有這一切，又都可以看作是對小顧這個人的描述。概而括之，我說他是一個隱士，一個苦行的隱士，一個當代北京苦行的隱士，一個當代北京苦行的年輕隱士。小顧是個「七〇後」。

小顧是江南人，上完大學，去了一間名氣不小的寺院，在齋堂做了一年飯，走了。後來小顧有緣跟了一位大琴家學琴，一學十年。再後來，小顧找到這個村，租了這個院，又租了院對面的車庫，一住五年到今天。

問小顧，爲什麼去了寺院卻又走？小顧說，心裡一根柱子倒了。還說，也奇怪，進去了，反而倒了。又說，好在還有一根柱子在。說到這裡，小顧撫著琴。然後說，但願這個別再倒了。又問小顧，怎麼謀生呢？小顧說，不用太多錢，反正還活著，不很難。

午後陽光燦爛，照射進小顧的書房，卻是霧濛濛的，像拍電影布的景。其實不過是窗戶玻璃髒了。我們坐著聊天，東一句西一句的，小顧無不細緻耐心周到地回應，甚至是熱情的，好客的。

請他彈琴，毫無扭捏，一曲《烏夜啼》。開始聽，只注意四弦有煞音。再靜聽，琴聲裡微有些躁。突然意識到，一個隱士，大概不太歡迎有人慕名拜訪吧。

忘記在哪裡看到的了，古時一個出家人，閉關十幾年，出關後稟性有變，變得對這世界很冷漠。可是，作爲已有證悟的一個師尊，他對每一個弟子又無比細緻耐心周到，甚至是熱情的、好客的。

一念及此，起身下山。

東子

東子是我高中同學，長得頗具古風。瘦，一直不留髮，面部乾淨，眉目細長，卻又棱角很果敢的硬。夏天兩件白色的老頭衫來回換，冬天就一件黑棉襖，只穿裡子，沒有罩衫……總之還是古風中的清癯一派。

東子老曠課，不是一節課兩節課，或者一天兩天的曠，而是經常半個月不露面。開始大家都奇怪，老師找家長，家長說了，我們也不知道他幹嘛去了，家也沒回。這下老師更奇怪了，但看家長一副習以爲常的神情，也只好隨之任之，心裡將東子打入另冊，隨他去。

老頭衫：年長男子T恤的趣稱，流行於上世紀七八〇年代。

當然，單憑家長一句話，老師不致如此決絕，老師也是目睹了東子在校期間的種種行爲，腦海裡早揣了一百多個問號，家長的話，不過是決斷前的「最後一根稻草」。

東子如果來學校，也是獨來獨往，整天幾乎不說一句話，也幾乎不與任何人交流。課間，同學們在操場踢球玩耍，東子戳在房檐下，凝神看似的，可心思顯然不在。或者抬頭看天，一直看，天上雲彩確實分秒變化，可他顯然也不是看雲彩。

東子在教室坐著，班上同學如果嫌老師講課沒勁，思想開小差，就會盼著東子那裡出點什麼妖蛾子，解解悶兒。東子像是洞悉他們的心思，冷不丁兒就能攏點廢紙，在課桌肚膛裡點把火。一股白煙悠然溢出，緊接著，一股嗆人的燒紙味道充斥教室。課堂立馬亂套，老師訓，同學樂，有人喜，有人愣。東子逢這時候，就呵呵傻笑，都樂出聲兒了。

妖蛾子：老北京方言，耍花招，出鬼點子，或惡搞。

我那時也在人生大疑惑期，心裡百轉千迴，化作外表一個不合作姿態，也喜歡獨來獨往，喜歡曠課。曠了課，就去學校邊上一家中國書店，在書架前打發光陰，和古舊書收購部的老頭兒聊天。在那裡，不時會與東子相遇。

我一般在文史哲類書架前忙乎，東子每次去，只看一本書，丁福保編的《佛學大辭典》。兩個少年各自古怪著，互相招呼都不打。只有一次例外，他溜躂到我旁邊不遠處，從書架上抽出一本書，開始是一頁頁讀，很快便嘩嘩嘩翻，越來越不耐煩的樣子。突然他手指頭劃拉著書頁，很生氣地對我說：全錯！全是錯的！全是錯的！書放回架子上，我瞥了一眼，是本《西遊記》。

後來有一天，課間我也在房檐下閑站，冷眼打量操場上歡快的人群，東子突然出現在身後，沒頭沒腦地對我說：別擔心，一切都沒什麼可擔心的。我被說得一頭霧水，莫名其妙地盯著他。他就補充說：要過節啦，你知道麼，節就是劫啊，我們又要度過一劫啦。

那是寒假前夕，快過年了。

自那以後，東子突然對我熱情起來，有天居然還邀我去他家玩。他和他哥住在大雜院一間小平房裡。屋內擺設簡單到不能再簡，東子的哥哥正在一旁擺弄些電子元件。東子看我奇怪的神色，解釋道：我哥是個半導體愛

讀者服務卡

您買的書是：____________________

生日：　　年　　月　　日

學歷：□國中　□高中　□大專　□研究所（含以上）

職業：□學生　□軍警公教　□服務業

□工　□商　□大衆傳播

□SOHO族　□學生　□其他 ____________

購書方式：□門市_____書店　□網路書店　□親友贈送　□其他_____

購書原因：□題材吸引　□價格實在　□力挺作者　□設計新穎

□就愛印刻　□其他 ____________（可複選）

購買日期：_______年_______月_______日

你從哪裡得知本書：□書店　□報紙　□雜誌　□網路　□親友介紹

□DM傳單　□廣播　□電視　□其他

你對本書的評價：（請填代號　1.非常滿意　2.滿意　3.普通　4.不滿意）

書名_____ 內容_____封面設計_____版面設計_____

讀完本書後您覺得：

1.□非常喜歡　2.□喜歡　3.□普通　4.□不喜歡　5.□非常不喜歡

您對於本書建議：

感謝您的惠顧，為了提供更好的服務，請填妥各欄資料，將讀者服務卡直接寄回或傳真本社，我們將隨時提供最新的出版、活動等相關訊息。

讀者服務專線：（02）2228-1626　讀者傳真專線：（02）2228-1598

廣　告　回　信
板橋郵局登記證
板橋廣字第83號
免　貼　郵　票

235-62

新北市中和區中正路800號13樓之3

印刻文學生活雜誌出版有限公司　收

讀者服務部

姓名：＿＿＿＿＿＿＿＿＿＿ 性別：□男　□女

郵遞區號：＿＿＿＿＿＿＿＿

地址：＿＿＿＿＿＿＿＿＿＿＿＿＿＿＿＿

電話：（日）＿＿＿＿＿＿＿＿ （夜）＿＿＿＿＿＿＿＿

傳真：＿＿＿＿＿＿＿＿

e-mail：＿＿＿＿＿＿＿＿＿＿＿＿＿＿＿＿

好者。東子粗暴地將那些零碎兒胡嚕到一邊，拿出本世界地圖給我看，上邊有藍色墨水劃出的不少線路。東子手指在地圖上左奔右突，嘴裡說著他的計畫：穿紅海，去耶路撒冷。我正不知如何接茬兒，東子的哥哥在一旁冷冷道：你甭聽他吹牛逼，他長這麼大，連東城區都沒出過。

中學畢業後，再沒見過東子。有年冬天，我在公車裡縮手縮腳坐著，突然看到街邊馬路上，一個穿著黑棉襖的漢子，舉著把塑膠的青龍偃月刀，呵呵傻笑著呼嘯跑過，旁若無人。那個人很像東子。

接茬兒：順著他人話頭接話。

小軍

小軍小時候，在班上是淘氣孩子。眯縫眼一轉，學習好的同學就怕，指不定什麼惡作劇又要攤到自己頭上。有次女班長被小軍欺負急了眼，沖他怒吼：你這個舊社會過來的人渣！

小軍的同班同學，大多生於一九四九年，對自己十月一日之前還是之後出生，無不異常敏感。女班長沒錯，小軍確實比新中國早誕生一個月。不過小軍不買這賬，當即黑著臉回敬道：你懂個屁！我生在解放區，我爹我媽都是革命軍人明白嗎！你倒是生在新社會不假，可你爹是資本家！

小軍住部隊大院，院裡孩子一茬兒一茬兒的，按年齡段拉幫結夥。小軍在他那年齡段的孩子中，是當仁不讓的孩子王，天天指揮自己的「兵」在院裡嘯聚，春天燒楊絮，夏天粘知了，秋天上樹摘紅葉，冬天雪人堆滿院。

快樂的少年生活很快結束，社會亂起來，小軍參加了紅衛兵。又沒過多久，小軍唇上的鬍子還沒硬，上了「戰場」。

第一次子彈從耳邊飛過時，小軍只覺得右耳順著耳廓突然生出一股涼意，迅速躥至頭頂，繼而全身像座冰雕。

那個火紅的夏天，小軍他們的紅衛戰鬥隊死守糧食局大樓。對面輕工局樓裡，紅旗戰鬥隊仗著人多，始終佔據著這場武鬥的上風。密如潮水的子彈間歇飛來、飛過，小軍漸漸習以爲常。雙方午餐休戰，小軍甚至把腦袋探出窗外，罵兩句對面樓裡的劉胖子。半年前，他們還同班上課，現在槍口相對。

幾年後，劉胖子和小軍被一輛悶罐車一同拉到青海，等待他們的，是採石場繁重的刑罰，和三十年有期徒刑。他們擁抱，各自死死噙住眼淚，不讓自己顯得太㞞。小軍對劉胖子說：「我們這一代人都被冤枉了！」

一茬兒一茬兒：中國北方方言，一代。

㞞：譏諷人軟弱無能。

每天夜裡，同監號八個人都在心底吶喊：我們是冤枉的！喊到滴血。

喊到一周年那天，小軍摸著黑對大家說：「如果沒人幫著申冤，我們就都廢了。」劉胖子說：「可誰會幫我們？」小軍說：「從來就沒有什麼救世主，也沒有什麼神仙皇帝，只能靠我們自己。必須整出點事兒來！」

三天後，一場默不作聲的告別儀式在監號舉行。之前，同監的另外七人，把各自千辛萬苦窩藏下來的餅乾、菸、臘肉、水果糖全都掏出來，供著小軍吃了抽、抽了吃。小軍誰也不讓，像個純粹的爺。

熄燈。監號裡靜得讓人發瘆。八個人直挺在床上，其中七個人明白，從此小軍將與他們生死相隔。

第二天，拿刀片割破喉嚨的小軍的屍體被人抬出。

事件迅速鬧大，引起各方關注。六個月後，和小軍同時入獄的一百零八人被全部釋放。而這一切，與小軍當初的設計一模一樣。

烏老師
楊大姐
小張
小羅
小月
小郭
小奚
小童
小鞠
老鍾
陳製片
茶人大林
老孟
小翠
小花
小黃
小丁
小侶
老林
老秦
老袁
老羅
趙老太太
老鄭爺
老武
小顧
東子
小軍
小馮
小蔣
小陳
小茹
小魏
姚大姐
老張
衛老
老唐
莫莫
老狼
小強
小龍
英子
小穀
梅
卓瑪
小連
小江
東東
麻雷子
豆腐
王老黑

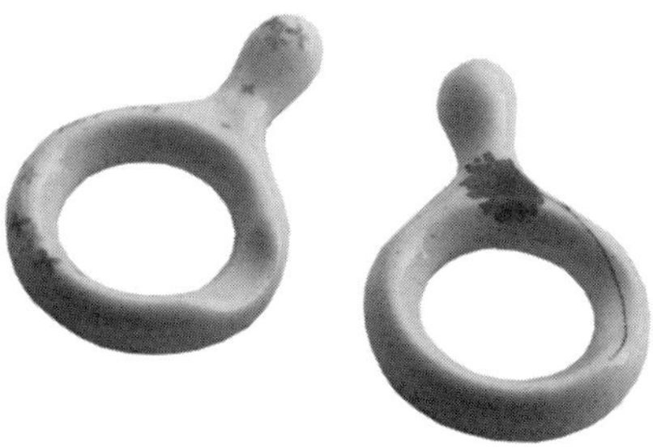

小馮

好多見過小馮的人都說，重拍《紅樓夢》還找啥寶玉啊，小馮最合適了。

小馮大眼睛，長睫毛，滿臉乾乾淨淨，一絲星星點點沒有。脾氣又好，從來不急，說話慢悠悠的，討姑娘們喜歡。好多人心中的寶玉就這樣。

說到演戲，還真和小馮有點關係。小馮戲劇學院畢業的，不過不是表演系。小馮這輩子從未演過戲，倒是當過話劇製作人，早年還帶過演員。在他們行當裡，「帶演員」就是經紀人的意思。他負責帶的那位演員，走諧星路線，意思就是以醜、怪見長，所以小馮帶他去各種頒獎禮、演藝界派對，二人角色經常被弄顛倒，主角兒經常被當成跟班的，招致冷遇。世事就這麼殘酷，單說誰醜誰俊難分高下，一醜一俊並一起，誰不服都不成。

小馮在文藝界玩了幾年，很快覺得無趣，不帶他們玩，改自己玩了。這一歷程擱常人那兒，應該叫工作、辭職、創業，也算一場天翻地覆；擱小馮頭上，不過一場玩樂之事而已。小馮太愛玩，也太會玩了，關鍵在他有一顆天塌下來無所謂，只要有玩就成的心，所以任何事到小馮頭上，就一個「玩」字。

小馮的玩，可不是隨便玩玩，一玩就是專業。改自己玩了的小馮，主玩兩樣：茶和劍。

茶呢，小馮是茶道高手，一口茶下肚，何地產、何海拔、何品種、何樹齡、何年份……直至當年當地雨水足還是旱情重，甚至做茶人的手藝幾斤幾兩，小馮能跟你聊上兩仨小時，把那些樹葉子草根子的底細全給你兜出來。

小馮不僅擅喝茶，還開了家小茶館，不爲營業賺錢，只爲朋友相聚有個據點，多好的茶，拿出來隨便喝。不僅開茶館，小馮還深入茶產地，自己做茶。不光做茶，小馮還收藏與茶有關的古董，史上名家的紫砂壺、愈來愈稀罕的茶盞托兒，琳琅滿目。每次去他那裡，都得先逛它個把小時，也未必把他新收來的物件看全。我每次去了，最愛看他收的各種茶盞托兒，就是現在好多酒吧、咖啡館時髦用的杯墊的前身。除了小馮之外，尚未聽說誰收這個不起眼的物件，銅的瓷的，木頭的犀角的，各種材質，造型各一，特別新鮮。

劍呢，小馮屋裡掛著十來柄劍，柄柄有來歷。有日本國寶級的明治時代製劍高手的作品，也有中國古人傳下來的名劍。小馮不只收藏，自己也能來兩下子，他在日本專門學過劍道，有專業五段的證書，漫不經心隨便比劃比劃，已是劍風淩厲，氣勢逼人。這會兒的小馮，當然就不像寶玉了。說起來，茶與劍，一柔一剛，也恰是小馮的兩面性。

小馮的玩，有家傳，基因裡帶的天性。小馮是滿人，祖上是大清朝的皇親國戚。正因此，小馮隨便玩點什麼，細節上都輕車熟路，雅得一塌糊塗，專業得叫人咋舌。好比有朋友結婚，別人都送大俗禮，小馮到高碑店找了件雖然破得不像樣子，但仍屬地道的黃花梨老傢俱，劈了，老木新做，照明末樣式做了個首飾盒。臨送出時，小馮讓見過早年間大世面的奶奶把把關，問樣式合不合。奶奶說，樣式正，不過不興空著送的。於是小馮從家底兒裡掏了把小珍珠、小翠件兒、紫砂件兒擱裡頭……受這大禮的朋友幾天合不攏嘴。

有人納悶了，小馮哪來的銀子這麼玩呢？其實不奇怪，小馮懂古董，還愁沒錢花麼？就說前不久吧，一天小馮研究一件新從日本淘回的黃銅茶托，不知不覺徹夜不眠，已是淩晨。小馮毫無睡意，索性出門直奔潘家園。天不亮的潘家園文物市場，雖說九成九都是假貨，但真有慧眼者，也總有碰著運氣的時候。小馮那天摸著黑，發現了一串念珠，當時沒太看明白，但憑經驗，憑學識，直覺是個好東西。小馮和商販一通盤道，最後花三百塊拿下，回家睡大覺。午後醒來，洗漱完畢，好茶伺候，一通擦摸洗揉，仔細甄別——Oh my God！

一個月後，那串念珠被小馮幾十萬賣掉。

小蔣

傍晚，昆玉河畔一幢寫字樓裡，小蔣的目光從已經盯了一天的電腦螢幕上抬起。習慣性地抻了抻腰背，關電腦，下班回家。臨出門前，沒忘抓了一把魚食，灑向辦公室裡用磚塊砌起來的一個大魚池，裡邊二十多條錦鯉歡騰跳躍。

手機鈴聲響到第十聲，計程車上早已滑入夢鄉的小蔣被吵醒。是他熟識的一個救援隊隊長打來的：「趕緊啓動你的救援平台，又有人在磨盤山出事了……」小蔣全身肌肉一振，本能地看了一眼手錶，十九點整。從這一刻起，作爲小蔣的他暫時退居二線，作爲「巴頓」的他粉墨登場。

白天，小蔣是一間不大不小的ＩＴ公司總經理，開發軟件、談客戶、做計畫、技術改造……夜幕降臨，如同蝙蝠俠換上一襲黑衣，他會變成「巴頓」。

北京登山愛好者的圈子內，「巴頓」是個響亮的外號，得名於他長得很像英達。英達在馮小剛電影裡巴頓將軍的形象深入人心，他便被山友們戲稱爲「國產巴頓將軍」。他在山友圈中，因爲進入得早，所以儘管因爲腿傷，已多年沒有眞正登過什麼高山，但不少資深山友心中，自有他一席之地。

至於他的救援平台，全稱叫「58-85志願救援網站」，服務對象是全國的「山友」。工作流程大致是：搜集各種與登山探險相關的資料信息，通過資訊整合以及一些技術設置，力爭做到如有山友突遇危難，可以迅速啓動，組織有效的緊急救援行動。

這個平台在小蔣看來，屬「巴頓」專有，因爲和他作爲小蔣這一身份開發的所有軟件不一樣，它從一開始就是「巴頓」的一件私事兒、一件純公益的事、一件好玩的事。小蔣說，自己爬不動了，能爲還在爬著的人提供些支援，讓他們爬得專業點，更有安全保障，是件多爽的事。

中國演員、導演。此處指英達在馮小剛導演電影《甲方乙方》的演出。巴頓（George Smith Patton Jr. ,1885-1945）將軍，二次世界大戰美國軍事統帥。

目前，絕大多數登山行動，還處在隨心所欲的階段，有副好身體，買點戶外裝備，撐死了再備個無線電台，挑個地兒就出發了。在小蔣看來，太業餘，太危險。成熟的登山愛好者出發前，除了那些必要的硬件準備，肯定還會做計畫書，公布給其他山友，一來可以獲得對這條路線更有經驗的山友的補充，二來萬一發生意外，救援可以更及時、更有效率。

小蔣的「58-85」正是照這路子設計的，登山者只要加入他的平台，同時保持任何方式的通信聯絡，即可無後顧之憂。就像飄得再遠的風箏一樣，總有根線牽著。

話說那天，「巴頓」二十一點到家打開電腦，「58-85」上已有不少人關注此事，正在討論救援行動的組織。他要做的，就是找出磨盤山的各種資料，有地理意義上的，也有其他山友之前的經驗和建議等等，收集起來，再根據需要傳遞給前方的一線救援隊。

果然，終於找到了他們最可能的迷失點。二十二點，兩支救援隊自北京市區出發，奔向磨盤山，在「巴頓」協調下，分別從前山、後山兩個方向向上搜救。次日淩晨不到一點，心一直提在嗓子眼兒的「巴頓」終於接到其中一支救援隊打來的報喜電話，被困山友全部營救完畢。「巴頓」長出一口氣，同時沒有忘記，迅速聯絡另一支救援隊伍，請他們原路折返。

四點半，「巴頓」從沙發上的睡夢中掙扎著醒來，再次致電救援隊，確認被困山友已順利回家。「巴頓」這才關掉電腦，向臥室走去。最多還能睡四個小時了，四小時後，光明將重新灑滿這個城市，他又要變回那個兢兢業業的ＩＴ公司總經理——小蔣。

小陳

小陳主意極多，腦袋瓜好像三伏天的冰棍兒箱，隨時掀開，沁人心脾的一個主意就拎出來，無不奇思妙想，消渴解煩，正中下懷。

通常形容有類人，光長心眼兒不長個兒，看似貶人個子矮，實則誇人機靈聰明，小陳就是這類人，身高一米六將將夠。

因爲機靈聰明，小陳永遠走在時代的前列。初進大學時，剛剛推翻父母兩座大山的少男少女忙著談戀愛。小陳個子矮，不在女生首選之列。小陳不怵，開始寫詩。剛寫幾首便招來好多女同學的小粉臉兒。小陳目的達到後，很快投筆不寫。許多年後，同學當中有幾位在詩壇小獲名聲，但他們心裡明白，那是因爲小陳不寫了，否則沒他們什麼事兒。

小陳大學畢業時，社會還很傳統，經濟大潮尚未駕到，同學們死乞白賴要留北京，爲分配單位風光與否斤斤計較。中文系的學生嘛，報社，雜誌社，出版社，最不濟也去當了各級領導的小祕書，以期將來大發展。小陳卻是「春江水暖鴨先知」的那隻鴨，一頭扎到還很貧窮的廣東沿海某小城，做了證券市場的紅馬甲。幾年過後，同齡人們都忙著下海的時候，小陳已經上岸了，把戶口落在北京，找了個公家單位，結婚生子，過起太平日子。

生孩子這種瓜熟蒂落的平常事，在小陳那兒也不等閒視之。小陳中醫世家出身，父親乃威震一方的名醫。小陳自己準備好了的時候，就把父親接到北京，好吃好喝招待了，從父親手中求到個祕方。十個月後某一天，小陳的一個同學興沖沖打電話來，炫耀自己喜得貴子；小陳熱烈恭喜一番後，很平靜地說，可巧，我也剛剛有了下一代，倆，龍鳳胎。電話那頭的同學愧到忘記回賀，臊眉耷臉掛斷電話。

漸漸地，一班同學都已「奔四」，在各自領域好歹都混出點模樣，這局長那處長、C各種O，都在互相串聯，要謀人生大發展。偏在這種時候，小陳從公家辭了職，先是去了家民營企業做銷售，不求名，但求利，很快掙了大錢。然後，小陳急流勇退，剛過四十歲，居然自己給自己發了退休證。

同班同學們都在緊鑼密鼓忽悠大事兒，小陳卻熱愛上了攝影。技術越來越好，當然，器材也越買越貴。小陳開著那輛跟隨自己多年的富康車，天南海北轉。和普通人外出旅遊不同，小陳一走兩三個月，按系列玩，古鎮系列、老少邊窮系列，等等之類。兩三年下來，小陳瘦了一大圈，面色好到嬌嫩，同學聚會時，大家恨不得想管他叫師侄。

小陳悠哉遊哉這幾年，周邊的同學可慘了，紛紛經歷了人生最痛苦階段。四十歲嘛，轉型期，大多脆弱，加之社會節奏越來越急，紛紛招架不

將近四十歲。

指各種企業或機構的高級管理者。例如CEO（Chief Executive Officer）、CFO（財務主管）、COO（營運主管）、CIO（資訊總監）、CAO（行政總監）……等。

住，今天這人抑鬱症了，明天那人慢性病了。四周一片心灰意懶、退休之聲不絕於耳，小陳突然結束了雲遊四方的日子，從眾人眼界消失了。

小陳再出現時，沖大家一抱拳，高喊口號——無量壽福。原來小陳進山拜了師，開始學道。道家門派林立，小陳的師父是以道醫見長的。小陳中醫世家出身嘛，有底子，雖無處方權，但醫道不生，甚至，手裡還有點子小絕活兒。有中醫作底，再學道醫，如虎添翼，小陳很快在醫學上有了大進展。

再有同學聚會，小陳最積極，他的目的很簡單，看哪個同學身子骨不得勁兒了，幫著治治。有天當年的幾個校園詩人聚在一起，酒酣耳熱後，小陳酒杯一擲說：比寫詩我現在比不過你們了，我就跟你們比比誰能活得長。都來都來，都來比，誰也別落下啊。

小陳給同學診病的同時，經常還會「道是無情卻有情」地說，人還是該有點信仰才好……

小茹

大學四年終於熬到了最後一個夏天，學分修滿，考試全過關，小茹的心野了，開始瘋玩。白天睡大覺，醒著也是懨懨的；天一擦黑就滿臉放光，躍躍欲試，衝出校園，融入北京洪流般的馬路車陣，向飯館、酒吧、夜店飛奔。

同學們都在忙正事兒，四處應聘尋求出路，小茹看似不著急，天天玩，其實心裡有更大譜兒。她可不想按部就班到公司或者什麼國營單位從小職員混起，小茹的宏偉計畫是，畢業後第一年，掙到人生的第一個一百萬。

小茹的策略是，先直接進入事業成功人士的圈子，再尋求突破口。憑的呢，就是自己年輕貌美。

事業大成功者，歲數太大，都是父輩的年齡了，而且見多識廣，身邊也不缺美女，不合適。二十啷當歲的小夥子固然也有成功的，但不穩定，積累太少。最合適的，是那些三十出頭的，在自己的行當已經打拼了十幾年，小有成就者，正是春風得意的階段，心思正活，年齡上和自己也只有十來歲的差距，正合適。

小茹天天和這些「老男人」混，跟著吃跟著喝跟著玩，享受美女待遇，處處受照顧。有時候小茹也會想，自己這樣是不是太功利了？轉念琢磨，這些老男人，也是個個有才情，風趣幽默，比那些傻不楞登的同齡同學好玩多了，至少一起玩不悶吧。想到這裡，小茹就想，自己天性就喜歡成熟的異性吧。

更何況，小茹還有一百萬的目標呢。這一宏願，小茹從不掖著藏著。一次和幾個老男人正喝泰奎拉蹦，歡笑中小茹突然發出這一豪言壯語。

「老男人」之一頗不以爲然地問：你個剛畢業的小娃怎麼實現呀？願聞其詳。

雞尾酒名Tequila Bomb（龍舌蘭炸彈）。

小茹像在學校參加四有新人演講一樣，從容不迫答道：就說你們幾個吧，白天各自在自己的領域中叱吒風雲，晚上湊一起，就純粹喝酒玩耍，你們從來沒有想過合縱連橫。其實你們之間就存在好多生意，但你們沒這心思，也沒這時間。沒關係啊，現在有我啊！我來做這件事，我靠你們掙錢，但我掙的永遠只是小頭兒，大頭兒肯定還是你們自己的，誰跟錢有仇啊你們！說到酣處，小茹豪情萬丈，不讓鬚眉：這個時代早不是做雙鞋子掙十塊、做一百雙鞋子掙一千塊的時代了，現代社會，必須要靠合縱連橫，尋求利益最大化。

像小茹一樣有宏願的人很多，像小茹一樣腦子靈的人也很多，但是到頭來，沒幾個人實現願望，原因出在十人九懶。小茹不一樣，有理想，也眞實幹，很快摸索到頭緒，將願望落在實處，起早貪黑眞抓實幹起來。

「老男人」們當然由著她，凡她要求，必配合。小茹很懂事，每次提的要求，都合情合理，從不爲難每個人。「老男人」們畢竟社會經驗豐富些，嘴上不說，心裡明白，小茹能做到這一點，背後下了多少苦工夫。如

四有新人：就是「有理想、有道德、有文化、有紀律」的新人（主要指青少年學生）。是八〇年代以來盛行於中國各階層、行業的口號與活動精神。

此一來，對小茹的照顧中，又多了些敬意。

一年過後，小茹和幾個「老男人」衝到夜店蹦迪，天快亮要散時，「老男人」要買上萬塊錢的酒單，小茹一甩頭髮說：我買過了，今天是我畢業一周年紀念日，我眞的掙到了一百萬，算我請幾位老大哥。

本來要散的酒局重又開張，大家爲小茹舉杯慶賀。酒至深處，小茹借著酒勁，懇請大家安靜，說有事宣布。「其實，早就愛上你們中的一個人，但怕耽誤自己做事，更怕關係複雜你們說我俗，就一直強忍到今天，你們都不知道，包括我愛的這個人，今天，我實在忍不住了……」

到舞廳跳迪斯可（disco）。

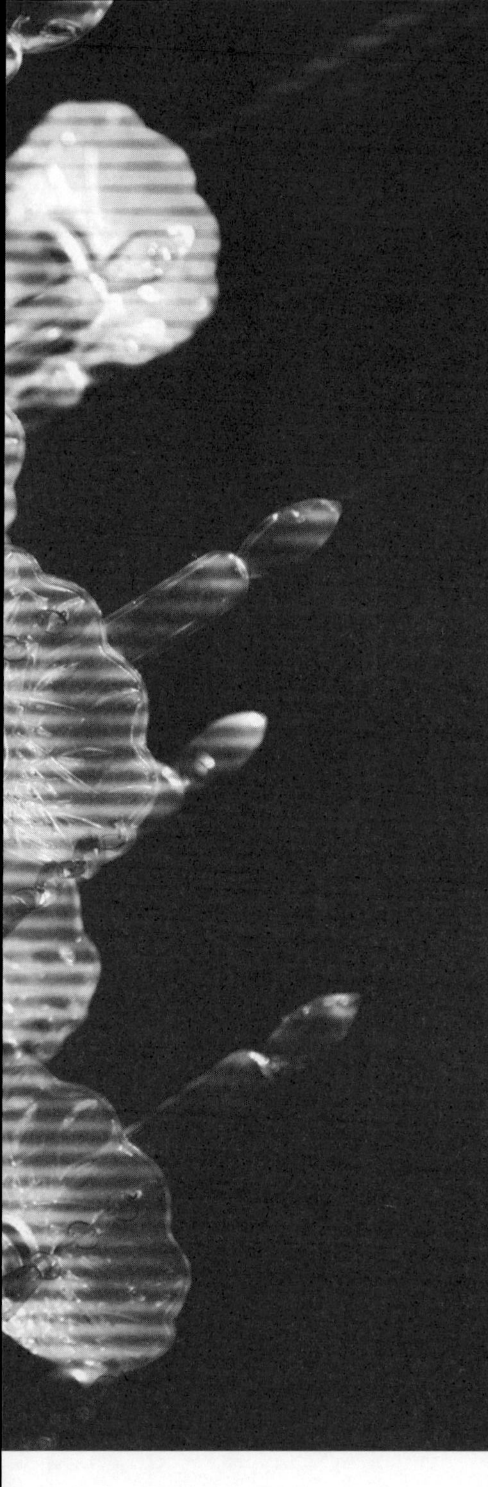

「漸漸明白，人的一生，種種緣分看似神祕，
其實再平常不過，一切自然而然地發生。」

「我現在比不過你們了。就跟你們比比誰能活得長。
都來都來，都來比，誰也別落下啊。」

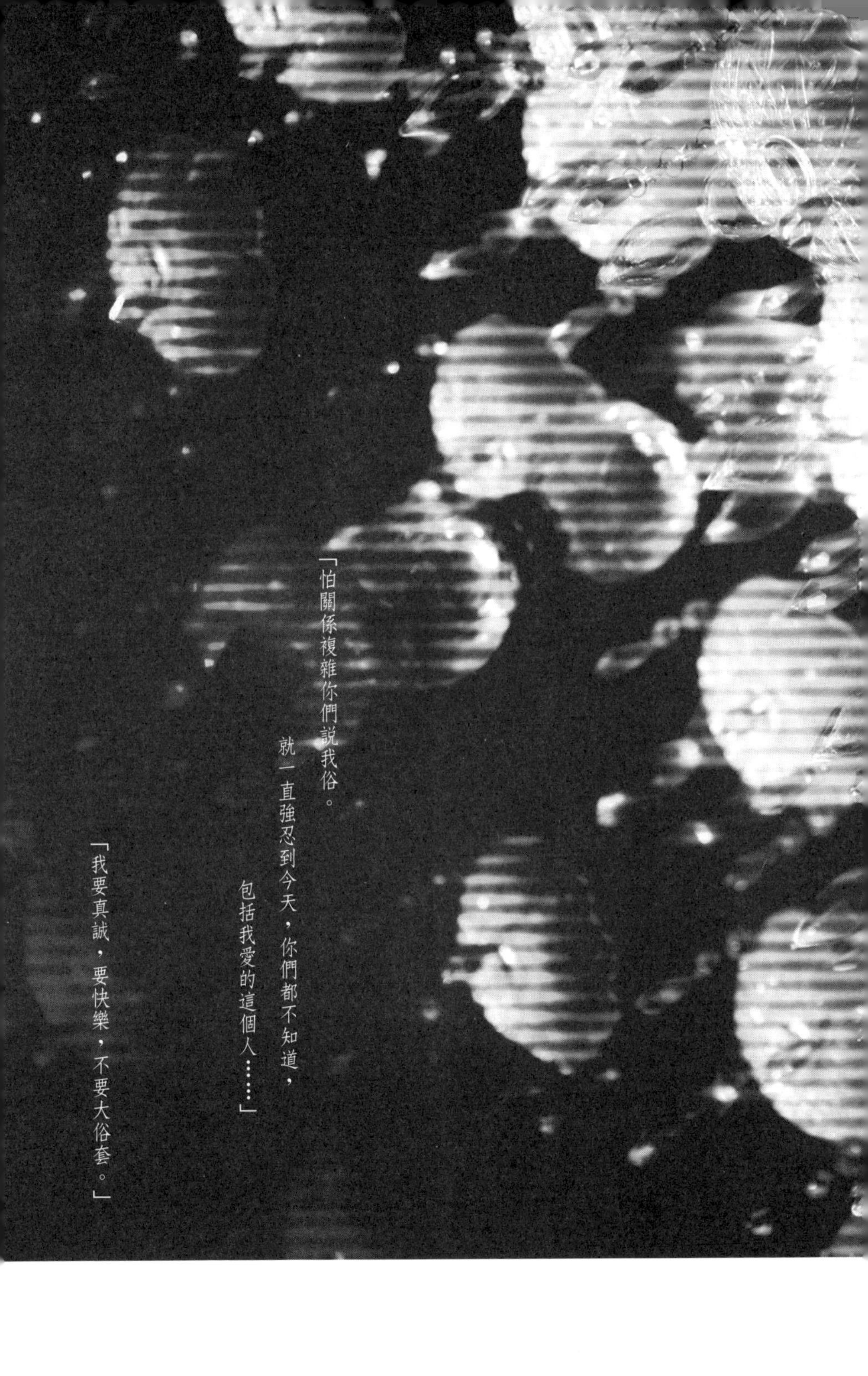
「怕關係複雜你們說我俗。
就一直強忍到今天，你們都不知道，
包括我愛的這個人……」
「我要真誠，要快樂，不要大俗套。」

小魏

小魏生於七〇年代的江南，那時計劃生育還不是國策，但她是獨生女。父親是東北人，母親是安徽人。老婆婆們中間流傳一個說法，說父母家鄉的距離越遠，子女的基因就越好。這話至少在小魏這裡應驗了，東北人的大高個兒，江南人的細膩膚質，長腿，五官清秀而有韻味，是眞美女。

父母太嬌慣的孩子，可能會向兩個極端發展：或者慢慢成了溫室花朵，膽兒小；或者，因爲從小任性無人約束，長大了更不知道什麼叫害怕，勇闖天下。小魏是後者。

小魏十八歲高中畢業，沒考上大學。在家閑了半年多，天天看著家屬院裡老頭老太太們打拳曬太陽，一副怡然自得過日子的閑勁兒，氣就不打一處來。她開始嫌棄這個生她養她、如詩如畫的江南小鎮了。

不是不知道什麼叫害怕嘛，父母一個沒看住，小魏買了張火車票就奔了北京。

先投奔中學時追求過她的一個男生。男孩考到北京上大學，一個陌生環境，本來自己正暈得找不著北，猛不丁兒夢中情人駕到，自己好像一夜之間成了大人，肩上沉沉的全是責任。男孩先到女生宿舍給小魏找床鋪湊合了幾天，後來編了各種理由向家人要錢，在學校附近爲小魏租了間民房。

小魏明白，自己對這男生沒感覺，但是一來正值情欲萌動的年紀，二來感激之情總是有的，索性就讓男生一起來小屋，同吃同住。男孩樂開了花，小魏也覺得心頭的歉疚，頓時煙消雲散。

男孩上課的時候，小魏就四處逛，領略北京之大。慢慢地，各種因緣巧合，小魏在北京有了自己的三兩個朋友。又隨這兩三人，認識了更多人，和他們一起參加名目繁多的飯局，深夜了，還在夜店裡舞到渾身熱血沸騰。

找不著北：比喻摸不著頭緒或迷失了方向。

美女總是處處受歡迎，加上小魏性格瀟脫，能玩，天生說話得體，很快，很多男人看小魏的目光都熱辣起來。

一個下雪的清晨，小魏在床上騰的坐起，身邊正在酣睡的男孩子嚇了一跳。小魏神經質地沖著天花板說：我要離開你了。

不顧男孩滿臉淌淚哀求，小魏只帶了兩件從家鄉來時帶的衣服，搬到一個比自己年長十歲的男人家。男人是個畫家，和小魏在夜店相識，小魏喜歡他身上怎麼洗也洗不淨的油彩氣息。

小魏跟著畫家，和北京的年輕藝術家們一起玩，天天聽他們海闊天空地罵罵咧咧，喝大酒，醉了就一大幫人和衣睡去，甭管在哪兒。小魏覺得這樣的日子挺好。可是，沒多久，畫家突然把破破髒髒的衣服都扔了，買了兩身西服，天天忙著參加各種體面的活動——社會上不知道爲什麼，突然流行起油畫收藏了，畫家一頭扎進了錢眼兒裡。

畫家的家裡闊了起來，但是小魏越來越鬱悶，一個無比悶熱的夏日清晨，小魏跟畫家說，我走了，沒想到，你原來也是個大俗套，你現在身上全是香水味。

不知不覺中，小魏三十多了。她現在和一個外國男孩在一起。男孩在北京留學，很窮，比小魏還窮。小魏開始到處求職，到公司當祕書、到畫廊幫人組織活動。好在小魏這些年喜好交遊，社會關係眾多，大家都願幫她忙。小魏工作得很出色，薪水不斷漲。

朋友們跟小魏開玩笑，好歹一大美女，追你的男人那麼多，何必養個小窮鬼。小魏說，窮不是問題，我要真誠，要快樂，不要大俗套。小魏說，小男孩在她面前，簡直就是透明的。

姚大姐

那天閑，懶洋洋坐那兒泡茶，突然想到姚大姐。念頭來得太突然，像半空毫無來由彩虹驚現，有點奇，就隨它散漫飄逸。

姚大姐是上海一家老牌文學雜誌的名編。九十年代初文學尚熱，雜誌社和出版社的編輯，繞世界出差組稿。編輯部的管理方式一般是分片包幹式，張三管東北、李四管西南之類。北京作家雲集，至少得有一人專門盯。姚大姐在他們編輯部就管北京片兒，所以常來。

分片包幹式：劃出責任範圍完成任務。

我與姚大姐同行，在一家出版社做編輯。很多文學編輯自己也寫作，比如我們編輯部的張水舟，小說寫得很好，姚大姐對他很看重，編發了不少他的作品，每次來京，會找水舟聚聚。

那時的編輯部，常見一景是集體聊天。辦公室大多狹小，十二三平米的屋子，四五張辦公桌。平時各自悶頭讀稿，一有外人，儘管是沖某一個人來的，既然坐下聊上，別人也很難再靜心工作，索性聊成一片。就這樣，一來二去，我與姚大姐也熟了，我編了新書會寄贈給她，她也定期給我寄雜誌。一來一往之間，還會順便寫封信。還記得，她的信都寫在稿紙上，極少塗改，字體娟秀而倔，像她爲人，愛乾淨，靈秀，隨和中又有一些篤定的堅持。

和姚大姐這樣的交往，有點像那句老話，君子之交淡如水，來往不勤，但相互關注。這樣大概過了五六年，我進入人生最忙碌的階段，給姚大姐的書越寄越少，我每個月收到的雜誌堆中，也見不到姚大姐的雜誌了。

姚大姐也是個作家，寫散文，原來常在報刊上看到，都精心讀。漸漸也見不到了，有一天想到這一點，暗自揣測，可能和我一樣，雜務纏身，沒閒心寫了吧。

光陰似箭，又一兩年過去，有天我們出版社開選題會，張水舟報上一本《白話賢愚因緣經》，譯者竟是姚大姐。我恍然大悟，姚大姐可能成了佛弟子，開始修行了，怪不得聯繫少了，也不寫文章了，這本《賢愚因緣經》，像一個證據，一下子被我窺破似的。

這一幕至今，眨眼又十多年了，世界起了很多變化，我自己也成了佛弟子，之間全無姚大姐任何消息，今天突然想到她，不禁有點好奇，便到網上搜索她的蹤跡，想知道她這些年可好。

信息很少，且大多是久遠年代的事，近十年的消息只一個內容，說她已退休，出了本新書，散文集，《手托一隻空碗》。這樣的書名，顯然與佛教關係密切。零星的薦書信息上，提到作者時稱她爲姚育明居士。散文、佛教，姚大姐將此二者融合在一起了，一個隨順自如的姚大姐，宛在眼前。

年輕時，不太理解原本密切來往的親朋好友怎麼就會突然消失、斷了消息，總覺得其中必有什麼不可告人的隱情。現在漸漸明白，人的一生，種種緣分看似神祕，其實再平常不過，一切自然而然地發生。四五十歲才摸索到人生正道的，大有人在。所謂突然消失，其實不過是發現腳下正走著的路，雖然現成方便，輕車熟路，但會越走越窄；而另一條康莊大道已被發現，當然自去開拓進取了。走新路，自然就有新旅伴，自然冷落了舊同行。

當初窺知姚大姐走上修習之道，還納悶過爲什麼放著好端端的雜誌不做，選擇了這條道路。後來，親友中也有一位開始修習，我與他熱烈討論：「太早了吧？你我不過三十來歲，不如老點兒再說？我陪你一起勇攀高峰？」那位親友當時感慨道：「我的感覺正好相反，不是太早了，而是太晚了。」時至今日，我也想說，不是太早了，而是太晚了。

這樣靜謐的午後，因爲一個突然蹦出的念頭，已經從姚大姐這個人，岔到人生早晚這樣大而無當的問題，該收場了，茶已涼。

老張

老張今年六十多歲，已退休，以詩人名頭行世，不時會有十來行的小詩在報端發表，寫得很直白，常含小哲理。不光寫詩，還評詩，發表在《文藝報》這樣的專業媒體，文風老派，既有板有眼又有股氣勢，很像領導部門下發的蓋棺定論。

老張退休之前也寫詩，但寫得少，因爲本職工作繁忙。那時候老張在一家文學出版社做編輯，三五年的時間，編輯出版了二百多人的詩集。

這年頭詩集顯然不好賣，老張不該那麼忙，但他愛詩又愛出版，沒有條件創造條件也要上。眞應了那句話：這世上怕就怕「認眞」二字，漸漸地，老張摸索出一條路。

文藝界很多領導喜歡舞文弄墨。年輕點的，公務繁忙；年紀大的，長篇大論寫不動；如此一來，都愛寫詩。老張就編這些人的詩集。領導嘛，出版社歸人家管著呢，市場再不好，面子也要給足，於是一本接一本，一套接一套，老張徜徉其間，偷著樂。

老張做編輯前，是出版社的財務科長，來出版社前，也一直做財務工作，幾十年的老財務。那時候，出版社員工中午都在食堂吃飯，東一桌西一桌，天南海北神聊。老張不愛和他財務科的下屬坐一桌，倒喜歡找編輯，老張覺得和他們更有共同語言，因爲——老張經常提醒那些編輯——他大學讀的可是中文系。

年輕時喜歡文藝，讀中文系寫小詩；工作了，做會計，窮其三十多年努力，做到財務科長；臨退休了變成詩歌編輯；退休了又重回喜歡文藝，寫小詩——這是老張的一生。這一運行的軌跡，也是很多老張同齡人的人生縮影，身不由己，既荒誕，又眞實。

對這樣的人生，老張的態度很矛盾。一邊呢，經常跟人講，自己詩意地生活著，很快樂；另一邊呢，老張表達快樂時，經常不知不覺中就用了自嘲的方式，字裡行間，有個時時閃現的「怨」字。

兩種心態下，老張會提筆。心裡有怨時，老張要寫詩，這不用說了；心裡高興時，老張也要寫詩，常在酒後，或者心裡有什麼喜樂，儘管都是轉瞬即逝的一點點可憐的樂，老張會立即捕捉這樣的瞬間。然而，怨是一天天、一分分、一秒秒積攢下來，一層摞一層，幾十年的積累，密實頑固，根扎得很深，所以那點喜樂，經常剛冒了個小氣泡，去費力捕捉時已經晚了，如雲煙消逝。但是老張不甘心，硬去捉，結果詩寫出來，明眼人還是一眼看出其中的怨。

後來，老張可能也慢慢自省到這一點，有一天又和我聊起他「詩意的生活」，雖然仍不自覺地強調一番自己的快樂，但說完沉默片刻，又突然追了一句：算是痛並快樂著吧。

我當時無語。其實我很想對他說，在痛與快樂之間顛沛流離，正是「人生即苦」的含意吧。別太看重什麼詩意不詩意了，都是垃圾，趕緊扔了吧。但我沒有說出口，因爲突然想到，就在前不久，老張說他坐公車時一個姑娘給他讓座，他很生氣，當場就要寫首詩送給姑娘，題目就叫：姑娘，請別爲我讓座。

老張還年輕。

衛老

衛老大名叫李衛。衛老並不老，屬虎，今年三十啷當歲。他的朋友們也都差不多這個年紀，可是遺老遺少的習氣挺足，互相之間一概以「老」互稱，張三叫三老，李四叫四老，叫叫就慣了，原名反而難叫出口了。

有一天，衛老和眾老之一逛街，看到一塊商鋪的招牌，名人所書，落款「李一氓」。衛老撓撓頭說：這名字安我頭上合適了，姓李的一個流氓。

衛老敢以流氓自稱，因爲他讀古書讀慣了，古漢語中，流氓一詞訓作「無業遊民」之意，和今意不盡相同。不過這只是我的猜測，衛老當時怎麼想的，不知道。

但是衛老確實沒職業，賦閑在家。還是單身。

其實這麼說也不準確，在家不假，賦閑卻未必。每回見衛老，他也滿臉疲倦，問他在忙啥，大部分時間說不太清，偶爾清楚一次，也只兩個字：讀書。讀什麼書？怎麼讀得那麼累？還是不清楚。好在朋友之間，各人對各人本來也不想太瞭解，也就不多問什麼，疑惑在心裡，日子還照平常過。

前不久家裡來親戚住不下，我投奔衛老處借宿。幾天住下來，覺得衛老的一天確實綳得挺緊，並沒有多少空閒。多虧衛老善於掌握節奏，才使生活安排得有條不紊。

比如早上，從起床到盥洗室，就是一個漫長而又複雜的過程：

八點之前，當然渾然不知世界爲何物。八九點了，大夢初醒，太陽照到腳脖根兒，衛老翻個身兒，看看太陽，又翻回去接著作美夢。十點，太陽已將屁股兩半照得涇渭分明，衛老扭臉看看白生生的屁股，又看看室外燦爛的日頭，還好還好，並不太毒啊，畢竟快入秋了呀。然後也便釋然，接著打呼嚕。十一點過了，雙眼被陽光撓開，衛老不耐煩地從腦袋底下扯過枕頭蒙住頭。十二點半，再度睜開早已不願再閉的雙眼，發現整個屋裡已經沒有陽光和陰暗之間的那條分界線。衛老揉揉雙目，想想昨天、今天以及未來，慢悠悠地扯過褲子。

白天衛老在家讀書，不出門。讀的書雜，文史哲類居多，還有《足球報》、《兵器知識》等，很多是英文原著。衛老英文好，上過名牌大學英文系，還在美國生活過一段時間。

衛老不愛白天出門，更不愛夜晚出門。我說的，是邁出家門。朋友們的約會不管定在多晚，衛老總是暮色蒼茫便離家，因爲他特別喜歡一種情境：暮色蒼茫時分，走出鬧哄哄的老式居民樓，匯入車水馬龍的下班人流，穿過一群賣羊肉串的小攤兒，鑽入地鐵站。等他在地下斜穿整個都市，再度返回地面，夜幕已經籠罩一切。每當這時，衛老就笑了。

這個偌大的城市裡，上千萬人天天在外奔波，上班、下班、吃飯、娛樂，有時我在街上走，彷佛能聽到很多套生物鐘在這個城市半空滴答作響。衛老也是按照適合自己的一套生物鐘在生活，不算很特別，但也算不上大眾化，幸福而自足。

老唐

老唐是個「五〇後」，八〇年代初上大學，學的工藝美術。老唐家不只是書香門第，還是金石世家，書法篆刻傳了幾代人，都很了得。這麼老派的家庭出來，老唐沒去學國畫，而是選擇了現代工業設計，每天畫很流線的草圖。

也難怪，八〇年代初，那是個多麼「流線」、多麼叛逆的年代啊，老唐一頭扎進西方文化大潮，熱衷外國哲學，鍾情西洋美術，眼裡閃爍著激進之光，留了叔叔阿姨頭，一條髒牛仔褲一年到頭不帶換的，上邊綴滿油漆、顏料，大茶缸子一端就開侃，滿嘴夫爾斯基的洋名字，可現代了。

不過，基因就是基因，骨子裡的事，不留神處常常會露馬腳。

老唐在學校最尊重的老師，是個瓷器專家。尊重並非針對老先生瓷器方面的造詣，而是老先生的書法。老人是曾經名震八方大畫家的關門弟子，書畫本是童子功，不料後來搞了瓷器，書法成了業餘愛好。這麼一來，反而別具一格，沒有半點煙火氣。老唐利用任職學生會的特權，糾集了一群愛好者，說動老先生晚間開課，傳授書法理論，以及實操技藝。

大三的時候，老唐搬出學生宿舍，在最老北京的胡同裡找了間平房，繼續畫那些流線。寒冬臘月，老唐像鄰居們一樣生火取暖。和鄰居們不一樣的是，他不僅用爐子取暖，還用它燒上了陶印。沒人教過，但是不得不說基因遺傳力量強大，總之燒著燒著，就「芝麻開花節節高」了。

書法課也好，燒陶印也罷，那時的老唐，心裡將這些老古董定位為小情趣、小愛好，真正致力的主業，還是新潮美術，這是老唐的主心骨。

大學畢業，老唐仗著文字功底好，被某國家級美術雜誌挑去做編輯。是金子，在哪裡都發光，沒幾年，老唐夥同社會各階層新潮美術家們，在中國大地掀起一場轟轟烈烈的新潮美術運動，影響餘威一直延宕至今。

正當老唐要大展宏圖之際，社會形勢突變，老唐懷揣一摞未竟夢想，遠涉重洋，到地球那半邊討生活，從我們視野中消失。

斗轉星移，老唐當年參與的那場轟轟烈烈的運動，倏忽就到了二十年紀念日。當年那些夥伴，趕上這兩年市場情況好，都靠賣畫發了財，組織了隆重的慶典。老唐作爲骨幹成員，當然亦在力邀名單之中。

再見老唐，鬍子已花白，眼裡不再有激進之光，盡露和藹之色。和舊友們把酒寒暄，老唐反應總是慢半拍。雖然歲月不饒人，老唐已過天命之年，但這慢下來的半拍中，隱含的並非年齡因素，而是多年來生活環境之迥異，帶來的人心變化。那些夥伴始終在市場裡奮力拼殺，時至今日，人人變得賊尖溜滑；而老唐，宛若鱷魚鄧迪突然邁入燈紅酒綠、汽車喇叭聲充耳不絕的現代城市，一時失語。

稠密的聚會漸漸稀疏，老唐也逐漸適應過來。在親戚家借住的老唐，開始每日獨自喝酒。喝至酣處，老唐端出不知何時從琉璃廠採購的筆墨紙硯、治印石料，筆走龍蛇，霎時間若干書法條幅或者幾方珍貴的篆刻一揮而就，練達、乾淨，不見半點煙火氣，但又精氣神十足。我們幾個圍觀的

上世紀八〇年代紅極一時的美國娛樂片《鱷魚先生》主角，捕鱷高手 Dundee。

親友見此情景，禁不住暴誇一氣，老唐眼裡剛冒出的一絲精光又疾速消退，咧著嘴憨笑道：還是這些老東西親切。

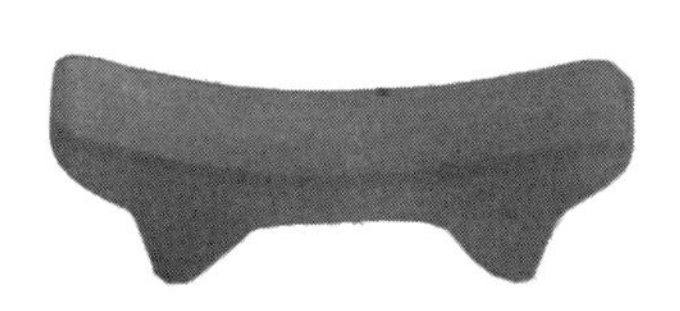

莫莫

有天莫莫跟他媽說：老張，你能幹點正經事兒麼？別整天忙那些沒用的，咱把騰訊買了。老張丈二摸不著頭腦，問為什麼。莫莫說：我換個QQ號打遊戲。

這件事上有好多信息，比如莫莫和他媽的關係很現代，可以直呼老張。比如莫莫是個富二代，家裡不缺錢，騰訊這麼大的盤子都敢想著買。還有，莫莫對商業啊社會啊什麼的沒興趣，是個宅男——喜歡宅在家裡打遊戲。

騰訊——中國瀏覽量最大的綜合性信息門戶網站（QQ.com）。

沒暴露的資訊是莫莫的年齡。假如莫莫七八歲，這故事可當笑話聽，可他不小了，來年整整三十。所以，莫莫明白他在說什麼，雖然說得也並非百分百認眞，但也絕非隨口玩笑。

見過不少富二代，莫莫是當中一個異數。有的富二代喜歡早早摻乎家族企業，二十出頭就蹙眉世故，老成持重，就像金正恩那樣的；也有的富二代只知消費，名車靚女不離左右，找找女演員鬧點緋聞算客氣的，甚至撞車打人讓父母跑派出所檢討痛哭的。還有的富二代雖然個性內斂到像扶不起的阿斗，偏偏愛上個古董收藏什麼的，億萬家產不夠花……莫莫和他們都不一樣。

莫莫極少讓媽媽操心，天天家呆著，除了打遊戲就讀書，再不就是跟狗玩。莫莫養了一條雪白雪白的薩摩耶。狗通人性，明白莫莫對牠不錯，有時闖了禍，莫莫劈頭蓋臉一頓揍，不改一臉友好之色。

錢財一事，當媽的更放心了。莫莫不上班，不掙錢，但是媽媽疼兒子，不時給他。可莫莫極少出門，出門也有家裡的司機送，車資都不需，所以基本沒花錢的時候。除了偶爾買個電腦，買兩張遊戲卡，還有偶爾的小零食兒，剩下的錢全存起來。有時媽媽想換口味，拉他出去吃，莫莫問：

金正恩：（1983~）前北韓領袖金正日幼子，也是新任領導人。

薩摩耶：Samoyed，是狐狸犬的一支，曾作為雪橇犬使用。

「吃什麼?」媽說個自己宴請賓客的常用精緻飯館名字,「涮羊肉吧。」

莫莫就說:「不去!」媽問爲什麼,莫莫說:「太貴,樓下新疆小館吃碗拉條子,要倆羊肉串,不也是羊肉嘛。」

至於美女,莫莫當然也愛。不過,在最高等藝術院校上的學,學的還就是表演,全中國最美的女演員,半數以上是他師姊。同班那些小女孩,只是時間問題,遲早也是。所以莫莫早把女演員看透透,沒興趣。在校四年,同學之間男男女女交叉換位,如同過家家作遊戲,莫莫悶頭單身。後來有一年,莫莫去雲南玩,晚上在酒店的茶館喝茶,泡茶的小美女是個少數民族,天然、質樸、眞率,莫莫當即被迷住,一年就沒停往雲南跑。一年後,小美女辭了工作,來了莫莫家。倆人一處四五年,從沒紅過臉。帥哥靚女,人見人誇,莫莫聽煩了,說你們能不這麼膚淺嘛,悠悠萬世,兩顆眞心相遇才重要。小美女聽了這話,一旁羞紅臉。莫莫一把摟過她:妞兒,咱回家,不跟這些俗人說這些沒用的,咱回去打遊戲。

莫莫管好多事都叫「沒用的」,經商啊、社交啊、名牌啊、跑車啊……

莫莫打心眼兒裡視這些如糞土，莫莫不喜歡這些物質層面的玩意兒。而遊戲，在他看來，如夢，如縹緲神奇的另一個世界，他在那裡遨遊，可以逃避已經滲透到現實世界每一個角落的物質氣息，這讓他在必須存在於此的這方天地，尋找到一個稍微令他神清氣爽的小角落。

不止是遊戲。不是說還讀書麼？莫莫讀道家的書，不僅讀，還實修，參考古今各位大德的實修體會，用不多的出門機會結識名師，討得方法，回家苦練。和莫莫在一起聊天，不時會看他突然眼神有點僵直，不必奇怪，那是他又在用功修行「致虛極，守靜篤，萬物並作，吾以觀復」呢。

許是最近莫莫的修行遇了拐點，在媽媽的勸說下，居然同意走出家門，一走還就不近，要和媽一起去美國度假。到使館簽證，帥哥簽證官拿著他的材料看，納悶地問：您是學表演藝術的？莫莫不卑不亢答：是。又問：那怎麼當上公司董事長了？還這麼年輕？莫莫繼續如實答：您不妨看一眼我和公司總經理的關係就知道了，她是我媽，她想讓我學習經商，家族公司，您懂的。帥哥心知肚明地笑了，「啪——」同意入境章就蓋了。

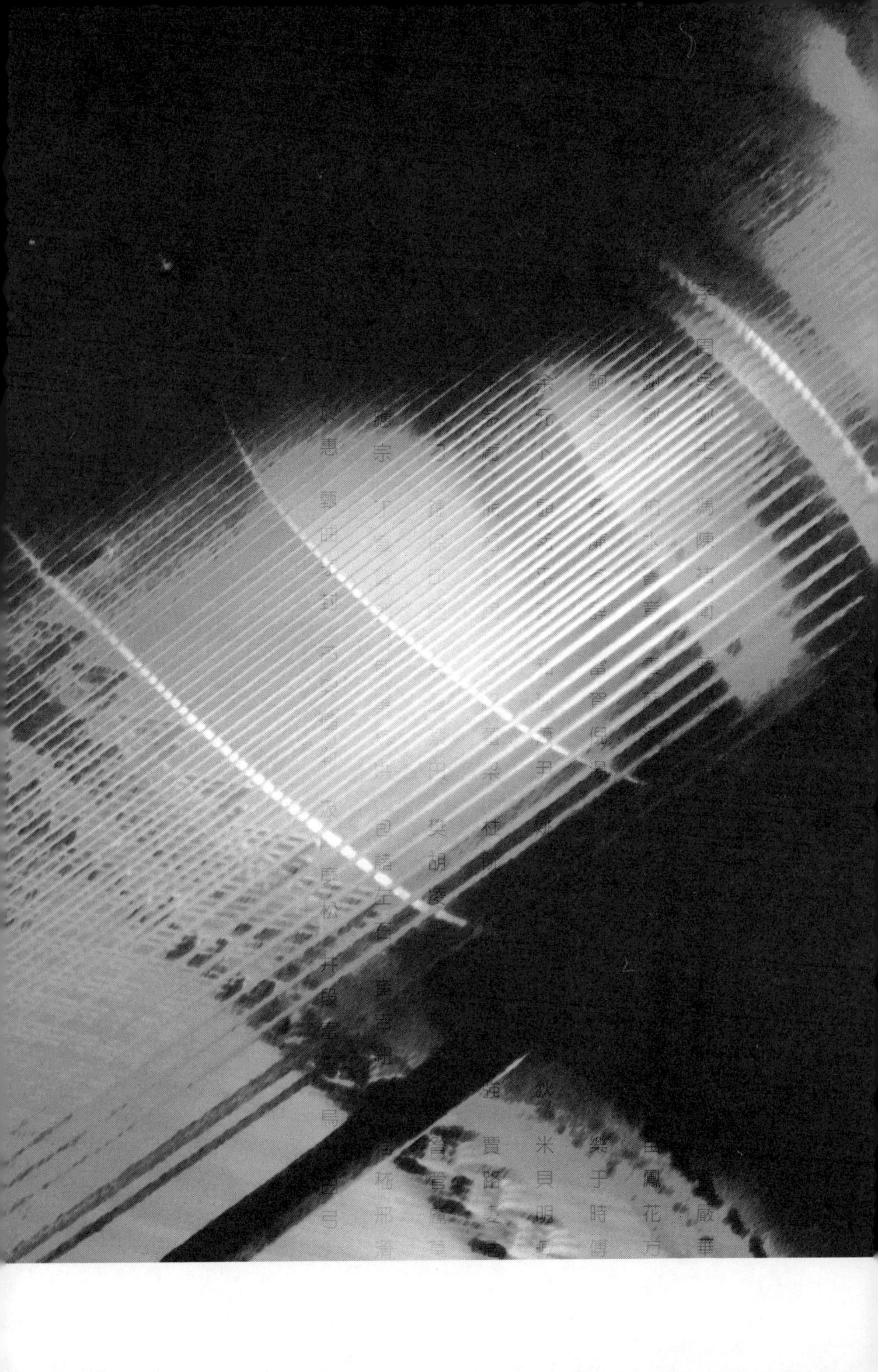

輯四

張龍劉連
江麻寶王

上官
赫連
宗政
公孫
長孫

老狼

對，唱歌的那個老狼。

和老狼相處二十年以上的朋友說起他，有個共同印象：好像從未聽過他抱怨什麼。老狼有張專輯叫《晴朗》，倆字兒亮堂堂的，聽著就舒坦，安他頭上眞是貼。也正因此吧，老狼人緣兒特別好，要敞開大門交朋友，得累殘。好在他以低調著稱，不濫交，所以在光鮮的演藝圈那麼久，常來常往的朋友還是老幾位。

和朋友們在一起的老狼，是最隨和的一個人，也是最會照顧人的一個人。一群熟人吃飯，偶爾會有生人入夥，別人無暇他顧，總是他不時關心地跟人家碰杯酒、聊兩句。去年春節大假，他們夫婦和幾個朋友去尼泊爾旅行，隊伍中有對夫婦帶著六歲的兒子，一路下來，小男孩要求「嫁」給老狼。問爲什麼，小男孩說：老狼叔叔最疼我。小男孩的媽乍聽有點不服，回想片刻，一拍腦門：還眞是！這一路好像兒子老在老狼的肩上扛著。

早上老狼睡到自然醒，下午或排練，或四處逛逛，夜幕一降，他一天的黃金時段拉開了序幕。

夜裡，老狼常去朋友的酒局。老狼酒量並不大，更不饞酒，但是朋友們甭管誰組局，都盼他來。原因簡單：既是酒局，固然喜歡酒量大的，但更喜歡酒品實誠的。老狼喝酒從不偷奸耍滑，酒品太好了。

更多的夜裡，老狼會出現在檯球廳。他媳婦找不著他的時候，會把電話直接打到檯球廳，十有八九，老狼正熱火朝天地和朋友們切磋球技。「切磋球技」是個文雅說法，其實是切磋人民幣。全是熟透了的朋友，小賭怡情。輸贏很小，不是目的，只爲互相擠兌看對方起急好玩。對於一個不愛

檯球廳：撞球場。

去夜店，更煩卡拉OK的人，在北京城之夜，能迷上檯球這一口兒，是個不賴的愛好。

還有足球，也是他夜生活的重要組成部分。歐洲盃、世界盃期間，現場直播多在夜裡，那段時間，老狼推掉一切工作和聚會，專心致志在家看球。碰上實在推不掉的事，也約到有電視的酒吧。

不過上述這些，都是老狼隨和的一面，隨和的外表下，老狼骨子裡覺得這種生活有點無可奈何。生活在北京這樣的城市，還能怎麼著？找樂唄。老狼眞正最喜歡的，是外出旅行。在他看來，旅行多少有點革命的意味在裡頭，能反反日常生活的固定、機械的模式，讓人有種不安定感，讓人敏感，促人思考，能別具隻眼看待生活。

我就聽他聊過在尼泊爾，夜裡獨自在一座古城瞎轉悠，看著昏黃燈光下的古城，彷彿時光倒流回到百年之前。那種時空變幻之感，讓他新奇，讓他浮想聯翩。在撒哈拉，一望無際的大沙漠，他坐在沙堆上數星星，那種靜謐、空曠之感，讓他至今猶爲嚮往。在藏區，有一次他獨自爬山登頂，夜裡在山頂宿營，感覺人隨時都有可能與整個山體徹底交匯。在馬里，他所跟隨的車隊趕夜路，雖然一會兒戈壁，一會兒叢林，一會兒過河，但四野一片漆黑，只能靠車輪胎傳導到身體的感覺，感知地形狀況。半星亮光都不見，也沒有任何參照物，人會完全失去方向……

說起這些的老狼，才是最骨子裡的老狼，隨時神往能夠回歸野外生存的狀態，希望自己能像動物一樣機警、敏銳、強健，他覺得那樣的生活更真實，更有意思。而眼下正在經歷的城市生活，不過是在一些虛幻的假象裡苦中作樂。

Mali，位於西部非洲的內陸國家，從前稱為法屬蘇丹。

小強

有好多著名的小強，周星馳的小強、蟑螂小強、小強塡字……小強是家喻戶曉的明星。

我們一班朋友日常的言談話語中，小強的出現頻率極高，不過我們說的小強，專指張小強。

張小強也是不折不扣的明星，就是走在街上經常被小姑娘認出來，在背後指指戳戳那種的。張小強前兩年主演了一部影視作品，也是他人生四十多年惟一一次出鏡，但他憑此一舉挫敗布萊德·彼特等眾多大牌，登上了影帝寶座。那年冬天，一場盛大的頒獎禮在北京舉行，小強接受了在場幾百人的祝賀，一直豁著嘴，因爲實在樂得合不攏。

這部影視作品叫《小強歷險記》，著名博客「按摩乳」自編自導自銷，在當年，名揚海內外。如果你沒看過，算你曾經落伍於時代，趕緊去補課。

小強這麼大名聲，平日與朋友相處，卻是極盡謙恭柔順溫文爾雅之能事。任何聚會，小強都提前半小時到場，先把周邊地形以及各種環境情狀偵察清楚。有人不認路找不著地方，直接問小強；停車場在哪裡，直接問小強。小強發現不淨的碗筷，先找服務員換掉；哪個座位正在空調風口下，小強讓怕冷的女士別坐。

聚會中間，小強不顯山不露水，永遠不搶話頭，永遠笑瞇瞇坐著，專心傾聽每個人東拉西扯，有時甚至讓人忽視了他的存在。聽得非常專心，專心到吃口菜扒口飯都不得空似的，經常一席飯下來，小強面前的碗碟都還鋥亮無汙。

散場時，小強打出提前量，跑到門口候著，督促微醺者帶全隨身物品，然後和每個同伴親切道別。逢上女士，小強還會行吻手禮。絕非想占姑娘便宜，因爲他那一吻，都是象徵性的，嘴唇離手一尺遠呢。

小強的本職工作，是中國最高學術研究機構中國社會科學院外文所的研

提前量：預作準備、防範。

究員，也是個翻譯家。他翻譯的索忍尼辛那本《牛犢頂橡樹》，一段時間是我最喜歡的書。不過小強和那些天天坐冷板凳的研究員不一樣，小強有一顆永遠年輕的心，天天活躍在改革大潮前沿。

小強除了俄羅斯文學以外，在多個領域奔突拚殺，成果卓著。最突出的，還是雜誌出版業。突出到什麼程度呢？這麼說吧，如果你要辦本雜誌，請小強看看，如果小強說不成，就別辦了，強努著辦了結局只能有一個：賠一底兒掉。

小強對雜誌的一往情深，是專業化的一往情深。比如明明朋友當中有很多雜誌社的主編、編輯，但小強從來不麻煩人寄贈雜誌，都是自己花錢去買。他說了，要以實際行動支持雜誌出版業。另一個原因，也是怕「拿人家的手短」，評判起來會失之公允。

小強每個月用於購買雜誌的費用，不是個小數，他們樓下的報刊亭，很多雜誌只進一本，是專給小強留的。萬一小強出差，報刊亭的很多雜誌就會滯銷，不過不要緊，過些天小強回來，庫存又成了零。

小強曾被我們一班朋友推選爲最佳飯友、酒友、文友，他的先進事蹟，用陳水扁的話來講，眞是罄竹難書。因此我們每天都會惦念起小強，八竿子打不著的時候，無來由地就能想到他。拿我來說吧，今天早起穿襪子，看到襪子上彷彿國際象棋棋盤的黑白相間的小方格圖案，直想大喝一聲：張小強，來塡字！

這裡是藉二〇〇六年一則語誤新聞來調侃，比喻事蹟極多。

即西洋棋。

小龍

小龍被公認爲才女。早在八〇年代，小龍還是中學生，公開發表了一篇早戀題材的短篇小說。當時社會閉塞，五十多歲的老作家碰碰都遭口誅筆伐的題材，居然一個十幾歲的姑娘下了手。又因「我手寫我口，我手寫我心」，寫的是自己同齡人，可想而知立即轟動全中國，如我一樣與她同齡的中學生搶著看，爭相羨慕。

正因有小龍這樣早慧的才女墊底，二十年後我做文學出版工作，再看鼓噪一時的所謂少年作家，所謂八〇後才子靚女，鎮定自若，毫不見怪，心想他們不過是小龍的後輩之一。

小龍生在上海，在北京讀的大學。有種說法是：南方生、北方長的人容易有出息，小龍符合這一條，確實有出息，在學校門門功課優秀，老師都喜歡。同學呢，男生當然也是喜歡。眉清目秀，英氣頻閃，情商又高，處處得體，沒道理不喜歡。女生們心思細，要分兩隊，一隊是喜歡，另一隊是嫉妒。小龍誠懇待人，嫉妒者也挑不出半點理兒。

我和小龍同屆不同校，但兩個學校近在咫尺。大三那年，小龍突然頻繁來訪，和我長聊猶太人問題。當時以爲，我那段瘋讀馬拉美、辛格等人小說，小龍可能也對這些感興趣。幾年過後，小龍和大家告別，要和美籍猶太人的男友成婚，到美國定居，我這才反應過來，那會兒她愛上了同校留學的一個猶太小夥子。

小龍剛去美國那兩年，偶爾還能收到她的賀年卡。有張卡片上，她站在紐約街頭，傲世獨立的樣子，卡片上的語句，也大致是眾人皆醉我獨醒的意思。如此不入鄉隨俗的姿態，按說應該惹家鄉人操心才是，可是小龍的朋友們毫無憂色。那麼有才的姑娘，怎麼做自有她的道理，是疾是徐，各有各好，她明白的。

再後來，賀年卡消失了，小龍音訊杳無。最後的消息是，那位猶太小夥

情商：情緒商數，即EQ。

烏老師 楊大姐 小張 小羅 小月 小郭 小奚 小霍 小駒 老鍾 陳製片 茶人大林 老孟 小琴 小花 小黃 小丁 小侶 老林 老秦 老袁 老羅 趙老太太 老鄭爺 老武 小顧 東子 小軍 小馮 小蔣 小陳 小茹 小魏 姚大姐 老張 衛老 老唐 莫莫 老狼 小強 **小龍** 英子 小毅 梅 卓瑪 小連 小江 東東 麻雷子 豆腐 王老黑

在好萊塢從寫劇本開始打拼，非常艱難。小龍作爲一個上海人，擅過日子的品質得到大施展，生活儉樸，但有條不紊，情趣盎然，夫妻恩愛。

又過了很多年，北京這邊興起看美劇，偶爾會在一些三流美劇的片頭片尾，看到小龍丈夫的大名，不禁暗自爲小龍高興，想來打拼有所成果。

去年初秋一天，正在家擺弄新收到的秋茶，突然接到小龍電話，說人在北京。呼朋喚友，半個小時之後，小龍當年幾個好友齊刷刷坐在一家餐廳。久別重逢，一時話都不知從何說起，人人臉上的思念之情，卻又寫得滿滿。酒過三巡菜過五味，話茬兒才陸續接上頭，她去國這些年的軌跡也漸漸被描述清晰：犧牲了自己的才華，專職輔佐猶太小夥奮鬥，功夫不負有心人，終有成果，二十年後的今天，丈夫已是好萊塢一線製作人，小龍也終於有時間有財力做些自己喜歡的事。小龍現在有了三個孩子，一個賽一個聰明，小龍隨身攜帶的一張照片上，三個孩子你拉我彈，正在演奏一段小提琴奏鳴曲。照顧好孩子們的同時，小龍積極投身各種公益事業，也做得風生水起，熱火朝天。

那天飯後，小龍到我家小坐。落座之前，小龍順手將沙發上幾個被我枕成一緊團的靠墊拿起來，拍拍鬆後又放回原處。動作非常小，但是姿態極其優美。這一不經意的小動作我看在眼裡，心想，昔日的清純才女，已經成了一個成熟魅力逼人的女人了。

英子

英子好像整天掛在MSN上，但多是忙碌或離開，真要和她說句話，半天沒回音兒，因爲忙到顧不上，或者就是有開不完的會。不過英子總會回的，而且，只要回即熱情洋溢。忙忙叨叨、熱熱鬧鬧聊兩句，就又沒影兒了。

英子是眞忙，三十三歲了，正是做事的年紀，在單位是個中層幹部，中流砥柱那種的，管著好幾十號小弟小妹，平時和他們嘻嘻哈哈，不過但凡有人工作上有半點含糊，英子會訓人的，很嚴厲。訓就訓到點子上、裉節兒上，被訓的人不得不服。久而久之，英子在單位的威信如日中天，很多小弟小妹在心裡都拿英子當榜樣。

裉節兒：北京方言，關鍵時刻或位置。

榜樣來自英子工作的出色。追究這份出色，聰明、資深等等原因多種，最重要的一條，是熱愛，發自內心的熱愛。

英子熱愛自己的工作，平日和朋友吃飯聊天，和其他人好不容易躲開工作就肆無忌憚大八卦不同，英子說不出三句話，總會提到工作。每逢這種時候，朋友們會開玩笑地諷刺她工作狂，成功人士。英子聽了這話，常常眉間突然出現怨色，繼而頗爲悲涼地話鋒一轉：成功管什麼用啊，愈成功，愈容易成爲老姑娘。

英子至今尚未婚嫁，至少到目前爲止，連個貼譜的戀愛對象都沒有。說來也怪，要說英子吧，論模樣，雖非花容月貌，但是眉眼大方，一笑倆酒窩，特別喜興的好媳婦樣兒，兩條長腿修長筆直，人見人誇；論性格，落落大方，尤其在戀愛一事上，經常主動出擊，卻又分寸把握得極好，絕不失一個姑娘家應有的嬌羞；論事業，前邊說了，也是蹭蹭地正上升……眞不明白，男人們都在瞎忙和什麼，這麼好的姑娘怎麼就不撲呢。

有的姑娘一把年紀不嫁，是受過傷害，一朝被蛇咬終日怕井繩；或者過於挑剔，挑著挑著就歲月蹉跎，總之問題出在己方。英子不同，朋友們都說，英子又想嫁人，又特別適合當新媳婦，她不出嫁，問題只能出在男的

符合標準或實際情況。

身上，眞是造化弄人。

雖然一直沒有貼譜男友，英子的生活並不枯燥乏味，她有一群死黨朋友，男男女女的，隔三岔五小聚。和一般姑娘喜歡逛街或者去歌廳瞎唱不同，英子喜歡靜坐聊天，還佐以小酒，找個後海西岸的安靜酒吧，一聊一宿，然後披著黎明的曙光，微醺著回家。

北京什剎海知名酒吧區。

英子他們聊天的內容有三大塊，一是英子的工作，不過這部分只是不間斷的穿插，肯定不是主題，因爲別人不答應。二是八卦，雖然英子不會只談八卦，但並不意味著對八卦不關心，別人聊起來，她也句句搭得上。三是文藝，英子喜歡讀書，也喜歡寫東西，所以聊起小說、電影、戲劇，英子最活躍了，要知道，英子上大學時，是學校話劇社當仁不讓的女一號，至今大段大段經典人物的經典台詞還是脫口就能來上一段。

女主角。

說起話劇，在英子的力主下，他們一班朋友最近突發奇想，開始排練整出《茶館》。每逢週末的夜晚，從四面八方匯集到一間咖啡館，排練五六個小時。人人每場必到，一絲不苟。至於排練好了去哪兒演，演了會怎麼

中國作家老舍話劇名作。

樣，英子全不關心，她和這班志同道合的朋友們眞正傾心的，只是排練中的歡樂。英子說了，不然又怎樣？回家獨守空房，獨睡冷炕？

小毅

上大學時，班上有個女生叫小毅，眉清目秀，短髮，經常一身軍綠，片兒鞋，說話做事風風火火，乾淨俐落脆，是典型的北京姑娘，很有些颯然之氣，在大片畏畏縮縮、羞羞答答的姑娘群中，分外惹眼，招人喜愛。

羞答答的姑娘們特別喜歡和小毅這樣的人交朋友，性格豁達容易相處是一方面；多少也有攀個保護傘的潛在目的——但凡有人敢欺負自己的朋友，小毅這樣的姑娘，會爲朋友兩肋插刀，眼都不眨。

片兒鞋：又名「鬆緊口」鞋，多為黑色條絨面，台灣通稱功夫鞋。

上大學，還是中文系，學生們自由爛漫得一場糊塗，戀愛之風盛行。開學沒多久，魚找魚，蝦找蝦，好多成雙入對的，一下課便湊到一起，男生背倆書包，拎倆飯盒，女生一路依偎扭著，奔食堂。小毅呢，四年級了，還沒找到依偎的肩膀。

閑得蛋疼的人開始閒言碎語，猜小毅是同性戀。和小毅最要好的兩個北京姑娘出來闢謠：別土鱉了！我們北京姑娘就這樣兒！多少柔情蜜意都藏著，當像你們似的，嘰嘰歪歪，什麼玩意兒！

小毅倒是笑對這些閒話，絲毫不以爲意，該罩著哪些女生，還是可勁兒罩著，大大方方地單身著。

很快謠言不攻自破，因爲有人探聽到，小毅一直暗戀她中學時的班長，據說小夥子帥極了，小毅就是忘不了，怎麼也忘不了。別的男生在她眼裡，最多是個班長的跟班兒角色。而這份情感，帥小夥子從來不知道，小毅一藏就是四五年。

畢業了，那會兒學校還管分配工作，大家挑來揀去，嫌肥嫌瘦。小毅不急不慌，只說你們挑你們挑，挑剩了的給我。小毅最後去了部隊，教書。

之後很多年，沒有小毅的消息，只聽說她成了家，過了幾年又分了。先

網路流行語，指無聊的狀態或因太過無聊而做出種種逾越常規的事。

中國北方口語：盡情的、自在隨性的。

是部隊文職幹部，後來又轉業，到地方，找份平平淡淡的工作，默默地生活著。

許多年後，同學們紛紛人到中年，逐漸混出個人樣兒，開始燒包，大興懷舊之風，同學聚會多起來。小毅也姍姍來了，跟在學校一樣，眉清目秀，短髮，雖然不穿軍綠了，但仍是一身樸素回八〇年代的服裝，穩穩坐著，不太愛說話了。

同學們酒酣耳熱時，甲說房子乙說車，丙說成名丁說利，小毅一概認眞聽，不發表任何意見。終於有人注意到小毅的存在，問她這些年境況如何。

小毅講起她還在部隊時，有天坐地鐵，背對車窗，忽見同車廂對面而坐的乘客使勁兒沖她身後指指戳戳，等她明白過來是說窗外月台上有人認出了她，回頭看去，車已開動，月台上有我們一個同學。講到這裡，小毅最後總結道：「分別這麼多年，她竟然從背影就認出了我。」

突然冷場。小毅的這番話和場上氣氛完全不在一個層面，最後的總結，

燒包：北京方言，有點錢總想出去花。

烏老師
楊大姐
小張
小羅
小月
小郭
小奚
小鷺
小鞠
老鍾
陳製片
茶人大林
老孟
小琴
小花
小黃
小丁
小侶
老林
老桑
老袁
老羅
趙老太太
老鄭爺
老武
小顧
東子
小軍
小馮
小蔣
小陳
小茹
小魏
姚大姐
老張
衛老
老唐
莫莫
老狼
小強
小龍
英子
小毅
梅
卓瑪
小連
小江
東東
麻雷子
豆腐
王老黑

更是好比天外來客的說辭，處在地面的大家，誰也不知怎麼接這話茬。很快有人出來圓場，又說起新段子，眾人又回到亂哄哄中。小毅穩穩的，並不尷尬，繼續認眞聽。

前不久小毅突然請大家吃告別飯，說要去藏區一個小學校做義務教師，爲期一年。席間大家瞭解到，小毅自從回歸單身生活，就一直積極參與各種公益活動。開始只是利用業餘時間，後來時間上總有衝突，索性辭了職，專心做公益。爲此，自己生活水準急速下降，但是小毅說：吃飯睡覺什麼的，還是有保障的，花不了什麼錢，只要不貪戀錦衣玉食，生活其實並不難。

小毅到了藏區之後，不時給同學們寫信，記得其中有一句說：這裡衛生條件不是很好，一個月能洗一次澡，開始不習慣，時間一長，看到指甲裡有泥也不以爲意了，泥土很乾淨，我很快樂。

梅

梅的大名叫劉梅，生在北京，四十歲了嫁到外國。在外國，她的朋友們喊她May。一喊就是小二十年，害她現在雖然回了北京，和舊日閨蜜痛聊當中需要自稱時，也直接管自己叫梅了。

梅生在五十年代，在她該戴紅領巾、紅袖章的年紀，既沒戴上紅領巾，也沒戴上紅袖章，因爲家庭成分不好。梅的父親曾是民國政府的文員。所以梅沒怎麼上好學，中學一畢業，走上社會了，成了以不怕苦不怕髒不怕累著稱的護士。

梅少年困苦，這些困苦的歲月，像羅大佑歌裡唱的那樣，風塵刻畫你的樣子，全都刻在梅的臉上。二十多歲的梅，不時被人問：四十幾了？誰還沒個嬌嫩愛美的少女時代啊，開始梅很懊惱，漸漸地受打擊次數多了，戰鬥裡成長，梅突然生出股大無畏的氣勢，愛誰誰。

愛誰誰的梅，從未在同齡男性那裡收穫愛情，都是友情。在女性那裡，是加倍的友情。年輕的姑娘們都喜歡找梅訴衷腸，挽著梅逛商場，甚至，拉著梅一道去找對象，一來梅無畏、豪爽，直截了當沒有彎彎繞，不好說出口的話，有梅代說；二來有梅陪著，能襯自己好看不說，還絕無戧行兒的危險。這些都是姑娘家的小心思，貌似深藏深閨無人曉，其實司馬昭之心路人皆知。梅心裡明鏡兒似的，全明白。但是，愛誰誰。

梅見證了多少閨蜜從春心萌動開始，至戀愛，至結婚，至生孩子的全過程啊，有些孩子生在梅的醫院，她都參與接生了呢。而閨蜜們一朝有了小孩，生活有了根本變化，逐漸都離梅遠去。好幾茬兒的閨蜜們紛紛遠離之後，梅快四十了，還是一個人，愛誰誰。並非執意如此，就沒這機緣也真沒辦法。

許是陪了太多閨蜜相親，撮合了太多多情男女的好姻緣，月下老人都被

愛誰誰：中國北方方言，隨便你，愛怎麼樣就怎麼樣。

戧行兒：拆台，搗亂，或「越俎代庖」搶別人機會。

茬兒：代，批次。

梅感動了。突然有一天，就像天邊冒出來似的來了位外國漢子，對梅一見傾心，窮追不捨。外國漢子儀表堂堂，內心純淨，家境殷實，梅表面再鎮定自若，心底早已老房子著火，天天暈乎乎的。

三個月後，梅和各路姊妹灑淚相別，隨外國漢遠渡重洋。又一個月後，梅的姊妹們收到梅婚禮大宴的照片，照片上的梅儀態端莊，嫻靜良淑，姊妹們都驚了，都說從來沒注意過啊，梅其實很耐看啊。

對梅的姊妹們來說，梅從此好像突然消失，好比人間蒸發。偶爾大家聚會時說起梅，都心頭沉沉的。

去年夏天，梅就像當年她那位如意郎君一樣，憑空而降回了北京。梅的姊妹們興奮的啊，一聚再聚。都是小二十年沒喝過酒的女人們，整箱整箱的紅酒往胃裡砸。重新回到大家視野裡的梅，腰身粗了不少，不過滿面春風，臉上簡直沒什麼皺紋，還說著一口流利的英語，羨煞眾人。說起話來，又不見了婚禮照片上的端莊，還是那麼直截了當愛誰誰。

姊妹們責怪梅玩蒸發，問她這些年過得如何。梅先連連致歉，再自罰三

將近。

杯，然後理直氣壯地說：還能幹什麼呀，不都一樣嘛，結婚，生小孩，相夫教子，還能幹什麼呀，哪個女人不是這麼過來的呀。現在好了，兒子爭氣，考上了哈佛，老公也老了，我也終於可以回我的北京了。

酒至酣處，梅高興到傷感幽怨起來，對姊妹們說，我就是什麼都比你們晚，戀愛晚，成家晚，你們現在個個都是社會棟樑了，我還是個剛剛解放的家庭婦女。不過我不怵，晚就晚，愛誰誰，你們幹過的事，我也要都來一遍，我這次回北京，是來創業的，我註冊了一家公司，想做中外文化交流，你們覺得行麼？

卓瑪

是不是藏族小姑娘一半以上都叫卓瑪，藏族小夥子一半以上都叫扎西？我上大學頭一天，結識一個藏族同班女生，名字就是卓瑪，從此同學四年。

卓瑪是青海的藏族，不像一般藏族姑娘長得黑，但也完全不能說白淨。臉上沒有那個時候一般藏族人都有的高原紅，但整體紅紅的，不是白裡透紅，而是紅裡透紅，氣色好極了，看著就結實、健康，在一班剛剛經受了高考摧殘的豆芽菜似的漢族女生堆裡一站，有定海神針之感。

典出《西遊記》，原為東海龍王鎮宮之寶，遭孫悟空強「借」，改名「如意金箍棒」，仙凡兵器皆非敵手。

卓瑪第一次開口和我寒暄，問的竟然是：你父母是幹什麼工作的？我答：作協的。卓瑪神情一凜，沒再說什麼。我暗暗對她這問題和這神情稍有疑問，但也沒再說什麼。

後來相處得多了，對卓瑪上來就問父母這件事，不再有疑問，因爲卓瑪是那麼孝順的一個姑娘。剛進校園時，所有外地同學的家信都寫得可勤了。但是兩年之後還能保持每週寫家信的，就沒幾個了，卓瑪是一個。每次接到家信時，卓瑪紅紅的臉，被興奮的情緒漲得更紅了。

卓瑪性格好，從來不惱不惱，永遠露著一口好看的白牙笑。藏族姑娘特有的那種濃密烏黑的頭髮，瞧著有股忠誠相。所以好多女生都把卓瑪引爲閨中密友，找她吐露心事，找她商量該對喜歡的男孩怎麼表達。

卓瑪沒談過戀愛，自己也稀裡糊塗，當然提供不出什麼實質性的參考意見。但是不要緊，女孩子們找卓瑪、找卓瑪吐露心事、找卓瑪要參考意見，這些都是第二位的，她們看中的，是卓瑪的忠誠、貼心、嘴嚴實，不讓她說，就打死都不說。

臨近畢業時，都忙著畢業分配，整天塡各種調查表。有天我正塡一張家庭人員情況調查表，卓瑪在一邊看到，要過去看。剛看兩行臉漲得通紅，氣憤地沖我吼：你這個人，人品有問題。我嚇一跳，要聞其詳。卓瑪說：剛進校時我問你父母做什麼工作，你說是工人，可你現在填的是在「作協」，文化人。你撒謊，不是原來撒謊，就是現在撒謊。

時隔四年之後，我終於對她當時那一凜的神情也打消了疑問——她把「作協」聽成「做鞋」了。

畢業了，很多同學削尖腦袋設法留在北京。一些分配到外地的，隔了幾年，也用盡各種辦法重回北京。卓瑪當然是回了青海老家，因爲她的父母在青海，而她又是那麼孝順的孩子。她在一所大學裡當老師，教文學理論，一教二十年。

有一年，卓瑪趁著暑假來北京找同學玩，一見當年那些閨蜜，三十多歲的人了，興奮得手拉手蹦起來，連續蹦，蹦個不停。好不容易坐穩了，大家打探卓瑪的生活狀態。出人意料的是，卓瑪不再言必談父母，而是換了言必談丈夫。丈夫長，丈夫短，丈夫讓她少吃冰東西；丈夫讓她出門要節約，多坐公車，少打車；丈夫讓她每天往家打個電話……

打車：搭乘計程車。

有人問卓瑪，你還沒說你和你丈夫怎麼認識的呢。卓瑪聽了十分不解地一愣——怎麼認識？還能怎麼認識？父母包辦的啊！這回輪到大家十分不解地一愣：這都什麼年代了，你還心甘情願讓父母包辦婚姻？還這麼理直氣壯？卓瑪又是一愣，然後掏心窩子地說：父母那麼大年紀了，比我們的人生經驗豐富多了，難道不該聽他們的麼？他們難道會害我？

「眼下正在經歷的城市生活，
不過是在一些虛幻的假象裡苦中作樂。」

「那麼有才的姑娘，怎麼做自有她的道理，
是疾是徐，各有各好，她明白的。」

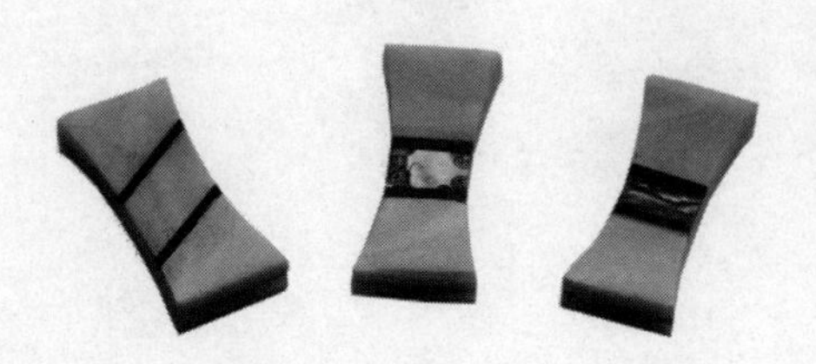

「和這班志同道合朋友們真正傾心的，只是排練中的歡樂。」

「如果不是自己的親人愛人當前，真懶得再開口。」

小連

那天接到朋友短信：艾特瑪托夫去世。八十歲。肺癌。當時看了並無特別反應。及至夜深，周遭寂靜，心裡泛起二十年多前一件往事。開始星星點點，漸漸綴成片段。小連是這往事的主角。

艾特瑪托夫（1928-2008）前蘇聯吉爾吉斯作家，作品集被翻譯成一百多種文字在世界各地出版。中篇小說《白輪船》為艾氏一九七〇年作品。

八〇年代末，我大學畢業實習，在一所中學做了三個月的老師，教語文。小連是這班上的語文課代表。

當時女孩們流行留披肩髮，課堂一水兒的長髮披肩中，小連很扎眼，是劉胡蘭式的髮型，很倔強的氣質。小連穿衣的顏色也不流俗，很寡淡，不是黑就是灰。不過後來經我仔細觀察，發現寡淡中藏著細密——每天早上來時，衣服都是熨過的，摺線筆直，刀刃似的，一絲不苟。這個，又是個不重表面專重內在的架勢。

小連神情木訥，寡言少語。照理，每天她要收齊全班同學的作業本交給我，每次來，撂下就轉身，連個笑容都沒有，更沒有一句話。我當時理解，她這份木訥，是有一種孤傲在裡頭，大概覺得我這個「老師」不過大她兩三歲，有點不服氣。

有天放學，我與她恰巧騎車同行，有一搭沒一搭地閒聊，氣氛沉悶。突然她問：老師知道艾特瑪托夫麼？看過《白輪船》麼？

那是八〇年代，外國文學的譯介正處在黎明前黑暗階段，不安分的文學青年們仍在四處搜尋早年著名的「黃皮書」，即內部發行的一些「供批判用」的外國小說，其中就有艾特瑪托夫的名篇《白輪船》，是我當時的鍾

樣式全都相同。

（1932-1947）國共內戰期間中共後補黨員，遭山西省國民政府主席閻錫山派軍逮捕時拒降而遭難，時年十五歲。後獲追贈烈士，也成為一種少女英雄的典型人物象徵。

愛之一。原來小連也看過。

得知我也喜歡艾特瑪托夫，喜歡《白輪船》，小連突然話密起來，一句緊似一句，如同洩洪閘門突然大開，直聊到分手的岔路口，仍然滔滔不絕，意猶未盡。

從那以後，小連在學校好像變了個人，開朗了，面部表情豐富，常常聽到她的笑聲。有時在樓道裡看到她，走路一躍一躍的，全然不似原來那樣木訥、孤傲。課下見到我，如果我沒事兒，就天南海北一通閒聊。穿著還是灰黑色的基調，當然，還是每天熨過，不過偶爾會帶些鮮豔色彩的小配飾品了。

又隔了幾天，和小連在校門口正打個照面。正值冬季，清晨的天際線上，啓明星閃閃發亮。她指著那顆星星說：我管那顆星星叫「白輪船」。然後又稍帶羞澀地說：這是我的小祕密，老師不要告訴別人。

從此我與小連共用「白輪船」的祕密。我們年歲相仿，我能理解她的心思——她有自己私密的鍾愛，但在同學當中，沒有找到可以交流的對象，猛然出現一個我，能夠與她分享這一祕密，這讓人體會到簡單、美好、純情，恰如《白輪船》描繪的明淨天地，這讓她在冰冷、壓抑、乾枯的高中生活中，偶爾體會到一刻溫暖。

星移斗轉，小連如今身在何處，忙些什麼，音訊杳無。要說起來，這才是人世間的現實，相遇、分離全都猝不及防，所謂溫暖，也是內心一層幻象而已。不過這層幻象比較隱祕，隱藏更深，因而不易覺察。

眞個是冷熱易躲，溫暖難防，如我此刻絮絮叨叨回憶這段往事，實際也正是藉著寫小連的名義，在貪戀一刻溫暖吧？好吧，就算是我和小連把這一刻溫暖，送給正在冰天雪地的廣袤大地下長眠的艾特瑪托夫。

小江

上初中時，我們班上有個小「四人幫」，莫逆之交形影不離，因此得名。四個人中，有小江，也有我。

小江是班上最早戴眼鏡的，瘦瘦的小臉，鏡框很大，襯得臉更小。小江家裡上溯三代並無近視遺傳，他過早戴了眼鏡，只因酷愛躺床上看書。《說岳全傳》、《楊家將》之類。最愛讀的是《三國》。有次「四人幫」各自敞開暢想人生最美妙的情景，小江說，大冬天，大棉被一裹，湊著床頭燈看《三國》。

俗話說，少不讀《水滸》，老不讀《三國》，言下之意是《三國》裡計算太多，容易叫人年紀輕輕即過分世故。可是凡事都兩面說的，世故的反面，可能就是洞若觀火、人情練達。不知是否和讀《三國》太多遍有關，反正小江在「四人幫」中，最通人情世故，幫眾之間互相串門，我們進了別人家，趕緊溜進幫眾自己的小屋；小江不會，必與幫眾家長寒暄一段，儘管家長眼裡，我們都還是個小屁孩，根本不當回事兒。

「四人幫」特別能玩，一陣兒迷集郵，一陣兒迷滑旱冰，一陣兒迷打檯球……變著花樣玩。四十多人一個鬆散的班集體，「四人幫」因爲團結緊密，成了小核心，每項玩耍新項目，都迅速帶動全班的風行，而縮小到「四人幫」內部，所有項目更新，都是小江帶的頭，他好像每個毛孔都隨時張開，隨時接受新事物。

「四人幫」莫逆期間，社會正處在轉型期，經濟變革潮流暗地湧動，呼之欲出。我們三個傻吃悶睡，全無察覺，小江少年老成，可能多少嗅到一絲氣息，初中畢業，我們三個上高中的上高中，上職高的上職高，小江卻晃著瘦弱矮小的身子，毅然撲進社會大熔爐。

小江放棄讀書，也另有他因。八十年代，國營大企業的鐵飯碗還很堅固，這些企業裡，子承父業之風流行，俗稱「頂替」，即父母退休，子女接班。小江兄弟姊妹多，家境又不富裕，於是母親提前退休，小江頂替，一舉兩得，母親可以從此專心照料家務，小江也早早開始掙錢。

小江的工作是安裝電梯。八九十年代，北京城撒了歡兒似的向空中發展，高層建築像森林裡雨後長出的蘑菇，迅速蔚爲大觀。這一來，小江他們簡直一刻不閑。又因當時正時髦績效掛鉤，所以每月初的工資單上，小江的獎金是工資的十幾倍。回家報告父母，兩位老人家簡直不敢相信自己的耳朵。

可在小江看來，工資獎金這些不過是燕雀之志，小江的心氣兒可遠不止這仨瓜倆棗兒。高額獎金是小江的原始積累，他用這些錢，從小做起，嘗試投入一些生意。最早倒賣些日用品，漸漸地，兜裡錢像滾雪球一樣，小江開始倒賣鋼材。小江憑自己人情練達，生意做得極順，很快成了我們這代人中最早富起來的人。

再後來，社會上突然風行起買翡翠來，圍繞翡翠出現了無數故事，最神奇的是「賭石」。看上去癩了叭唧的一塊破石頭，打開可能就是稀世罕見的巨大翡翠。小江沒有放過這機會，經過一番細緻縝密的研究，他把所有的錢全都扔給了一塊石頭。賭對了，一本萬利；賭輸了，回到起點繼續奮鬥。

結果，輸了。小江從我們視線消失。沒了小江，原來不時還聚的「四人幫」徹底散了夥兒。那時光陰已經走到上個世紀末。

又過了七八年，小江突然冒出來，約聚會。見了面，只見小江兩鬢已白，眉宇之間沒了以前的跳躍靈動，平添一份穩健之色。問他境況如何，只說做些小生意，踏實度日。再多問，便被他拿話岔開了。分手時，小江重複了好幾遍，說要保持「四人幫」傳統啊，要常聚啊，還說他負責張羅。可是，恐怕他自己也明白，只說說而已，各自人到中年，各人心思早已不是「四人幫」那個時候的情形了。

東東

東東出沒無常，神龍見首不見尾。忽而三兩年杳無音訊，死活不知；忽而三天一小宴五天一大宴親密接觸。每次見，都須從頭打聽起，現在哪個城市、從事何種職業、女友換了沒有，等等；因爲每次都有天壤之別。

近來又是久不相見，昨天忽然在報端看到他名字，說是做了個蔬菜王國的動畫片，主打健康、快樂牌。蔬菜、動畫、健康快樂……這些東西，與我之前認識的那個東東，又是風馬牛不相及。

東東是個生意人，能折騰。無時無刻不在快樂地折騰著。

東東和我同年，也是「文革」中生人。原本叫學東，典型「文革」孩子的名。長大了，嫌這名太俗吧，文東、衛東的臭大街，要改。改成什麼呢？生在東北，雪是東北特色，有家鄉意境，於是「學」改成「雪」，「東」也隨之成了「冬」。

名字裡有了北方的寒意，人卻跑到最炎熱的最南端，海口。那是九〇年代初，海南島彷彿遍地黃金，好招人。東東衝到那裡，憑機靈，加苦幹，三拳兩腳踹成個成功人士，戴著溥儀式小墨鏡，穿著價格昂貴的恤衫，開著寬敞闊氣的大林肯，街上隨便一停，東東只想駐車打個電話，可電話打完，緊閉的車窗外趴滿姑娘們的臉。

東東對這些姑娘沒興趣，覺得她們俗，東東喜歡文雅型的。天南海北地談生意，東東慢慢喜歡上一個空姐。從此做生意的步驟，全看姑娘的值班航線安排。有陣子姑娘只飛北京，大半年過去，東東沒談北京以外的一單買賣。

東東是個有文化追求的商人，稍有點原始積累，魔爪就往文化口兒伸，一下手就挑了電視劇。新領域，沒做過，開始以合夥投資人姿態進入。東東聰明，學東西快，尤其電視劇這種事，萬變不離其宗，掙錢而已，這個東東熟，很快大局在握。東東從一個商人，蛻變成一個影視劇製片人。

自從做了文化人，東東越來越覺得海南沒文化。東東要揭人生新篇章，收拾細軟，舉家遷往北京發展。說是舉家，其實光棍一條，兩箱子簡單行李隨身，當成攜婦將雛。東東一直沒成家，當年的空姐女友，終因聚少離多，早散夥了。

人生有此大變動，我猜東東去請高人算了卦，反正又要改名字。好不容易從熱帶又回到了北方吧，倒又把名字中間的「雪」字換掉，改回學東了。東東自己都不嫌折騰，朋友們也只好順他的意，改叫老名字。叫之前，總免不了諷刺他幾句，東東脾氣好，不介意。

北京文化人扎堆兒，東東情商高，很快與文化人打成一片。聽文化人朋友說，光拍電視劇不能算眞正文化人，得拍電影。同時又聽生意場的朋友說，拍電影，拍十個賠九個半。東東內心掙扎好幾個來回，最終咬牙拍了板，爲了文化情結，賠錢算什麼！何況還有半成不賠的機會呢。拍成以後，果然因爲這樣那樣的原因，至今沒能公映。

作爲生意來講，確實賠了。但是東東不怵——做生意，哪有天天賺的，東方不亮西方亮，生命在於折騰。這不，又拍了時下最最時髦的動畫片。據我看到的那份報上說，東東又是天南海北跨領域一通大折騰，天天跑斷腿，網羅了十幾個正當紅的主持人和電影明星，配音陣容超強，說話就要公映了。想來這些日子，東東又在全國各地快樂地奔跑著。

麻雷子

麻雷子是外號。他是我初中同學，十四五歲已經一米八幾，現在不稀奇，八〇年代可算大高個兒。不光高，還壯，身型魁偉，臉上卻白白淨淨。小小年紀就近視，戴著當時罕見的無框眼鏡，衣著入時，用料講究，活脫一副闊少模樣。

我們讀初中時，社會經濟還是計畫形態，沒有闊少的概念，不過家庭條件還是有優劣之分的。麻雷子的父母是歸國華僑，在當時，是最時髦、最招人豔羨的社會階層。他能早早充分發育長那麼高，同學們總結過原因，家庭條件好，天天喝牛奶，吃黃油，能長不高嘛。

麻雷子家是個獨門四合院，離天安門咫尺之遙，北京城黃金地段的正核心。一個春天的傍晚，我在他引領下，爬上他家屋頂，眺望金燦燦的城樓，豪邁之情油然而生。麻雷子呢，在這小院長大，習慣了，並不激動，但見兄弟我這般開懷，也咧著小嘴。

麻雷子是特別適合當哥們兒的那種人，每年除夕，我們幾個小夥伴的守歲地點，都在麻雷子住的那間北屋。嗑嗑瓜子，喝著香片，偷偷抽抽菸，看著窗外自家院裡的積雪，舒坦自不待言。麻雷子頗有主人翁架勢，除了招待吃喝外，還早早備好一大箱鞭炮，除夕熬一宿，大年初一天還麻麻亮，我們懷抱二踢腳、一千響什麼的，跑胡同口一通亂放。

麻雷子的本意，就是指炮仗。早年北京人過春節，最喜歡放二踢腳和麻雷子。二踢腳兩響，麻雷子只一聲，卻聲震雲霄。麻雷子外號的由來，便與此有關。他脾氣特別倔，平時話很少，蔫頭耷腦，眞被逼急了，暴烈發作。不過發作的同時，也就結束了，不再作細密纏綿的糾纏，正合了麻雷子一聲響的特性。

麻雷子學習成績不佳，有次老師訓斥他，說著說著，話裡開始夾槍帶棒。麻雷子開始蔫頭耷腦地聽，聽著聽著，突然眉毛倒豎，暴吼一聲：你還有完沒完！老師嚇一哆嗦，愣在當場，麻雷子卻摔門而去，又和同學耍上了，好似什麼也未發生。

成績不佳是因玩心太重。麻雷子的玩，不是那種瘋玩野跑式的玩，而是氣沉丹田、慢條斯理瞎琢磨的那種玩，比如釣魚，比如把收音機答錄機拆個精光再裝回去。他家小院的玻璃窗上，畫滿鐵臂阿童木，都是麻雷子一筆一畫忙乎了大半年的成果。盡玩了，初中畢業沒考上高中，上了一家培養飯店旅遊業人才的職業高中。

我們上大學時，麻雷子已經走上社會，當了導遊，天天在機場、酒店、旅遊點穿梭。那時導遊是個掙大錢的職業，麻雷子迅速致富了。無框眼鏡外面，又卡了一層墨鏡片，一身名牌，仔褲屁股兜裡的錢包鼓鼓的，直往下墜。還開了輛大發麵包車，可神氣了。苟富貴，毋相忘，麻雷子惦記著老哥兒幾個，不時接我們去麗都、燕翔這樣的酒店大吃大喝。可憐我們這幾位還在臭烘烘的學生宿舍苦熬，天天見不著油水的，頓頓吃暴，麻雷子坐在一邊，憨憨地樂。

鐵臂阿童木：日本漫畫人物，即「原子小金鋼」。

再後來，經濟大潮撲面而來，人人忙得不可開交。我們幾個上學的終於畢業了，也都義無反顧一猛子扎進潮頭。麻雷子好像掙了不少錢，不當導遊了，開始倒騰生意，我們之間很多年沒見了。

又是一個春天的傍晚，我在濃蔭密布一條小街正走著，突然聽到一個熟悉的聲音，竟是麻雷子，胖了很多，還是無框眼鏡，只是更講究了，衣著還是那樣入時，從闊少變成大老闆的派頭。我高興得直拍他的肩，卻也沒什麼話說。他呢，憨憨地樂，也不知從何說起似的。那一刻，兩個少年在房頂看天安門城樓的情景，在眼前重現。

豆腐

豆腐是我大學同學，同寢室吃喝拉撒睡四年。

外號有很多種起法，體貌表徵、性格特點、標誌性事件……豆腐之名的由來，卻是將其學名速念所得。他學名叫竇有甫，挺文氣的，家裡應該有讀書人。

大學畢業十幾年後，機緣巧合，老同學大聚了一場，一片驚呼，原來的校花變成了胖嫂；原來的足球隊帥哥謝了頂；更讓人驚呼的，是幾個在校時羞羞答答、話都說不俐落的兄弟，現在成了大幹部，天天給好多人作報告。豆腐也當官了，在武警部隊的消防系統，據稱因爲幾次處理緊急情況得力，記過二等功還是三等功。豆腐通報這些時，大家聽得很平靜，一絲詫愕都沒有，因爲大家想像中，豆腐肯定要當官，豆腐就應該當官，遲早的事。

豆腐這外號聽著軟塌塌的樣子，眞人可完全相反，是個棱角分明的人。性格和長相都是。從打上學那時候起，豆腐說話就不多，一旦出口，一律短平快，還是穩準狠，堅毅果敢的樣子。豆腐喜歡公益事業，食堂伙食差了，別的同學罵罵咧咧，到了飯點兒還是乖乖去了；豆腐不然，一個髒字不罵，可是已經憤怒到不去食堂，夜深人靜，點燈熬油鑽在蚊帳裡給學校總務處寫抗議信。這件事後，豆腐被選爲中文系學生會的生活委員，經常操著一口硬邦邦的廣西方言，代表我們與食堂的師傅們談判。

系學生會生活委員，是豆腐在學校官場生活的起點，自此一發不可收。很快，他被我們全宿舍樓幾千人推選爲「樓長」，隔三岔五找學生處吵，找總務處吵，找保衛處吵，為我們這些群眾爭利益。說是吵，其實豆腐統共沒張幾下嘴，不過說出來那幾句，都不容置疑。

再後來，豆腐又入了黨，床頭多了個紅色的塑膠皮本本，是他開黨員會的專用筆記本。再後來，豆腐進了校學生會。教師節到了，中央領導來學校看望師生，豆腐代表我們和好多領導同志握手，可神氣了。

豆腐的話更少了，原來就不多的話，現在說起來，更字斟句酌，好像聶衛平下圍棋，不想出幾十步都不帶落子的。這樣一來，豆腐要麼不開口，開口就比原來更短平快，更穩準狠。臉上慣有的表情都變了，原來只是有些冷峻，後來加了不少憂國憂民式的沉重。

我一向自由散漫，漸漸有些看不慣這個，覺得豆腐有點裝緊，天將降大任於好些人呢，不光您一個嘛！好在他話少，本來也沒什麼交流的機會，如此一來，相互之間越來越客客氣氣，怪裡怪氣。

大學畢業二十年，這二十年裡，我也陰差陽錯當過幾天小官，今天偶然想起豆腐，以我有限的當官經驗回想他的話少、字斟句酌，突然想通了為

聶衛平：知名圍棋棋士，曾獲中國圍棋協會授予「棋聖」稱號。

裝緊：中國北方俗語，原形容水性楊花的人偽裝純潔，又有「放不開」的意思。

什麼。一般來說，言多必有失，豆腐早早進入當官的軌道，必有前輩教了他這道理；再說，哪怕只是學生幹部，也一樣文山會海，所有的會，注意力都要集中，發言都要聲情並茂；最可怕的是，會連會，主題形式千差萬別，會一多都被弄混了，一天下來，大腦一團糨糊，如果不是自己的親人愛人當前，真懶得再開口——還真是，話說當年豆腐快畢業的時候，相戀多年的女友從老家跑來看他，豆腐就天天樂得合不攏嘴，話也說得嘰哩呱啦的。

王老黑

小王的朋友們都叫他王老黑，長得黑只是次要原因，主要因爲，小王待人接物果敢堅決，愛恨分明，有心狠手辣的黑道做派。

小王原來不這樣，他從小學樂器，進步神速，十來歲就被文工團選中接來北京。文工團屬部隊所有，過日子半軍事化，小王基本沒有獨處的時候，宿舍、劇場兩點一線，很少與社會接觸。

團裡的大姐都疼愛這俊俏的小弟，見他就掐小臉蛋，小王那時特別害羞，人家一掐，他就臉紅了，心裡不樂意，嘴上卻不敢反抗。成年以後，小王有個毛病，不讓任何人碰他臉。

小王的成長，與社會大變革同步，眼瞅身邊原來同台演出的人人暴富起來，奢華度日，小王心思也活了。終於有一天，他離開了文工團，仗著認識的演員多，開始組局走穴。

早年的文藝穴都是空手套白狼，錢好賺，但小王忙乎半天卻沒掙到什麼錢。問題出在害羞上，一開口就成了小狗小貓，老不敢獅子大開口。

小王開始苦練大開獅口的本領。那陣兒小王見朋友也黑著個臉，脾氣很暴很躁，去飯館吃飯，經常尋點小茬兒怒訓服務員。矯枉過正吧，小王變得眞黑起來，天天嘴裡幾百萬的買賣談著，不管眞的假的，眼睛都不眨，謊話隨口來。很快，小王發財了。

發財後的小王，很快膩煩了天天泡夜總會的生活，覺得千篇一律，不過如此，就有點空虛。人一空虛，壞朋友乘虛而入，小王迷上了賭博。開始也就玩玩麻將，打打撲克，一場賭下來不過萬把塊錢出入。可是漸漸地，小王覺得不夠刺激，越玩越大，到後來，已經通過越洋長途賭球賭馬，一

組局：尋找搭檔，組織成員。走穴：八〇年代多用於演藝界人士在中國國家體制外進行演出，又被稱為「走學」或「私演私分」、後擴展至其他行業，指在本職外運用專長技能賺外快。

比喻不作任何投資即到處行騙的手段，或付出極少卻獲得很大回報，有貶意。

夜間輸個上百萬，小王照樣請朋友吃宵夜，喝大酒，絲毫沒有心疼的樣子。

小王完全變了個人，一會兒天上一會兒海底的，在朋友們看來，甭管他做出什麼事，都不再有驚訝。好比小王前一天還招二十多個朋友吃鮑魚呢，後一天就窮得在家翻床底兒，找空酒瓶子退幾毛錢，買倆燒餅充饑；前一天還開著大奔接上朋友去爬山呢，後一天出門就改擠地鐵了。

最逗的是，小王出於賭博需要，經常出境，每次過海關都會被人來回來去反覆搜查。海關的人完全不相信有人拎著個超市的塑膠袋，裡邊裝了一瓶礦泉水就去美國了。有一次海關查完小王全身，不自覺地把心理活動說了出來：你這也太不拿出國當回事了吧。

小王戀愛了，姑娘是個舞蹈演員，活潑靈巧，小王一見到她，彷彿又變回小時候，常常會臉紅，雖然因爲長得太黑，不太容易看出來。小王收了賭心，拉開認眞過日子的架勢，買了房，車也買了一輛不上不下、以本分低調著稱的帕薩特。也不出國了，倒是不時邀請朋友去家裡，做一大桌子

大奔：常指賓士（奔馳）S級這類車身較大的車款。

帕薩特：德國福斯汽車車款Passat。

豐盛的晚宴，把酒言歡。

那姑娘比小王小很多，正是折騰的年紀，很快厭倦了小王去尋新刺激。小王把自己鎖家裡一星期，出來後請大家吃了頓飯，宣布恢復賭徒生涯，從此一發不可收拾。偶爾見到他，只有一個感覺，就是越來越黑了，可能是心底的黑氣也罩上了本來就黑的面容，相映成黑。

再後來，小王人間蒸發一樣，完全沒了消息。朋友們有時團聚，互相打探他的下落，但沒有一個人知道。只聽說，小王終於賭得傾家蕩產，把能賣的一切都賣了。

前不久，小王突然出現，胖得叫人不敢認。一幫人東一嘴西一嘴熱烈了好幾個鐘頭，弄明白小王已經戒賭兩年，現在南太平洋一個島國，開了爿小店，循規蹈矩、安安靜靜地過日子。可能天天在家捂的吧，白了好多。

吃完飯，互相告別，小王突然直愣著眼睛說：我還是想回北京，北京是家。

寫給那些：

貌似陌生的熟人，和貌似熟悉的陌生人們。

後記

封面（編按：本書簡體版）這棵樹，出自明代松江派畫家宋懋晉《摹諸家樹譜》。在這一長卷中，宋懋晉臨摹了自唐迄元二十多位畫家筆下的二十多棵樹。

二十多棵樹裡，我一眼看中這一棵，自是有緣。細打量，先是發現，這棵臨摹的是王摩詰；後又發現，長卷起始處宋氏即有闡述：「樹爲山之侶、水之伴，道路之朋友、屋宇之衣裳。故從古至今無無樹之畫。」這意思，正巧與本書內容略有契合——書中寫的這些人，可不就是我之侶、我之伴麼。人生如畫，無無伴侶之人生。

又一層巧在，說到人物關係譜，中外都有以樹狀表現的習慣，而我寫的這些人，正如這棵樹上的條條分枝，各自獨立地茂盛，又都來自同一根主幹。這根主幹，就是我們生存的這個時代。

文學叢書 328

INK PUBLISHING

百家姓

作　　者　楊　葵
總 編 輯　初安民
責任編輯　丁名慶
美術編輯　林麗華
內頁圖片提供　楊　葵
校　　對　楊　葵　丁名慶

發 行 人　張書銘
出　　版　INK 印刻文學生活雜誌出版有限公司
新北市中和區中正路800號13樓之3
電話：02-22281626
傳眞：02-22281598
e-mail：ink.book@msa.hinet.net
網　　址　舒讀網http：//www.sudu.cc

法律顧問　漢廷法律事務所
劉大正律師
總 代 理　成陽出版股份有限公司
電話：03-2717085（代表號）
傳眞：03-3556521
郵政劃撥　19000691　成陽出版股份有限公司
印　　刷　海王印刷事業股份有限公司

港澳總經銷　泛華發行代理有限公司
地　　址　香港筲箕灣東旺道3號星島新聞集團大廈3樓
電　　話　(852) 2798 2220
傳　　眞　(852) 2796 5471
網　　址　www.gccd.com.hk

出版日期　2012年6月5日　初版
ISBN　978-986-6135-91-0

定　價　270元

國家圖書館出版品預行編目資料

百家姓／楊葵 著；
--初版, --新北市中和區：INK印刻文學，
2012.06　面；　公分.（文學叢書；328）
ISBN　978-986-6135-91-0（平裝）
855　　101010159